Oktober 2013.

Herbst.

Das Laub der Bäume verfärbt sich. Es ist windig und leider gibt es mehr Wolken als Sonnenschein. Goldener Oktober geht anders. Leider gibt es den nicht jedes Jahr. Manchmal wartet man vergebens.

So wie ich ein Jahr später vergebens auf sie wartete.

Auf Melanie.

*

Ich fahre auf meinen Radtouren oft an den beiden miteinander verflochtenen Bäumen vorbei. Ja, heute schaue ich immer hin. Seit ich weiß, wo sie stehen, werfe ich wenigstens einen kurzen Blick im Vorbeifahren darauf und dann fühle ich gelegentlich dieses sanfte Piksen im Herzen.

Entdeckt habe ich die Stelle im Herbst 2005, ehe die Bäume und Büsche ihre Blätter verloren.

Es ist ein kleines Wunder, dass mir die zwei Bäume nicht früher auffielen, aber wie man auf dem Foto auf dem Buchcover sieht, sind einige Zeit zuvor zwei Äste abgesägt worden, die vorher in Richtung Straße ragten.

Die haben wahrscheinlich den Blick auf diese besondere Stelle verdeckt.

Ich fuhr nämlich seit April 1999, als ich nach längerer Pause wieder damit anfing, lange Radtouren zu machen, sehr oft dort vorbei, von Süden aus dem Bliestal kommend und dann in die leicht ansteigende Straße nach Beeden einbiegend, die neben der alten Bahnstrecke entlangführt, wo früher die V100 ihre Silberlinge zog und der Rote Brummer fuhr - der gute alte Schienenbus.

Aber es war alles zugewachsen, sodass es auch recht lange dauerte, bis ich die rostigen Überreste des Eisenbahnhaltepunktes von Beeden entdeckte, einen Rahmen aus Stahlprofilen, der einmal einen regensicheren Unterstand für die Bahnreisenden bot - damals vor vielen Jahren, als die Eisenbahn noch auf der Strecke Homburg - Rheinheim fuhr.

Die Bliestalstrecke wurde bereits Anfang der Achtzigerjahre geschlossen.

Aber wir trieben uns ja viel früher an der Bahnstrecke herum und am Silbersee - Melanie und ich.

Manchmal wünsche ich mir, es gäbe eine Zeitmaschine. Dann möchte ich - und sei es nur für einen einzigen Nachmittag - wieder zurück zum Silbersee. Ich möchte Melanies schmale Hand in meiner spüren, noch einmal in ihre Augen schauen, noch einmal ihr Lachen hören - einfach mit ihr zusammen sein. Wie damals …

*

Ich habe oft an die beiden ineinander verdrehten Bäumchen gedacht in all den Jahren. Ich war gelegentlich am Silbersee und als der weggemacht wurde, war ich zumindest manchmal in der Gegend. Ja, ich fuhr sogar die Straße neben der alten Bahnstrecke entlang, doch ich fand die miteinander verflochtenen Bäume nicht. Ich wusste nicht mehr genau, wo es gewesen war, nur dass es nahe am Beedener Bahnhöfchen war.

Dieser nach vorne ragende Ast hat es wohl perfekt getarnt, fast als wollte das Schicksal die Stelle vor mir verstecken.

Ich habe keine Fotos von damals. Was gäbe ich für ein einziges Fotos von Melanie. Ich habe mir einen Fotoapparat gewünscht, seit ich denken kann, aber ich bekam nie einen - bis auf das kaputte Ding von Mutters Eltern, das schon beim Auspacken nicht funktionierte, und Melanie hatte auch keinen Fotoapparat. Wie denn auch, bei den Klamotten, die sie trug? Ihre Leute hatten wohl nicht viel Geld.

*

Sommer war es - Sommerferien. Der Sommer, in dem ich dreizehn wurde, ein Alter, in dem die Sommerferien eine Ewigkeit andauern. Damals im Jahr 1975 war man mit dreizehn noch ein Kind. Zum Jugendlichen wurde man erst mit vierzehn, und das auch nur langsam.

Wir waren nicht so frühreif wie die heutige Generation. Was vielleicht nicht das Schlechteste war. Ich hatte jedenfalls noch mächtig Spaß am Spielen.

In jenem Sommer gelang es mir, im Gegensatz zu den vorherigen, oft, mich von zu Hause loszueisen. Gleich am ersten Ferientag radelte ich von Bexbach nach Beeden und zum Silbersee hinter dem Ort. Ich hatte mir ein neues Schiffchen gebaut.

Damals wussten alle Jungs, wie man aus ein paar

Abfallteilen ein richtiges Schiff baute: ein dickes Brettchen vorne spitz zusägen und den Rumpf glatt schmirgeln. Ein oder zwei Löcher für den oder die Masten reinbohren und untendrunter eine breit gehämmerte Limodose aus Blech als Schwert. Die Segel bestanden meist aus dem kräftigen Nylon der Tüten, die man beim Einkaufen bei Aldi und Co. umsonst bekam. Man klebte sie auf die dünnen Hölzchen, die man allenthalben als Träger von Werbefähnchen geschenkt bekam. Fähnchen abreißen, und schon hat man Masten und Rahen. Wir hoben auch die kräftigeren Rundhölzer der Feuerwerksraketen auf, die wir an Neujahr auf den Straßen einsammelten. Die Takelage wurde aus sogenannter Drachenschnur gebastelt, der Schnur, an der wir im Herbst unsere Drachen steigen ließen. Die war schön stark und doch beweglich.

Damit mein Schiff auf dem Gepäckträger meines räudigen Klapprades transportierbar war, hatte ich mich gezwungenermaßen für den Bau eines sehr kleinen Bootes mit nur einem Mast entschieden.

Am Silbersee angekommen, blieb die kleine Jacht aber erst mal auf dem Gepäckträger zurück und ich stromerte am Ufer des kleinen Weihers entlang und beobachtete die Tiere im Wasser.

Es gab Rückenschwimmer und Schwimmwanzen, Wasserkäfer aller Arten, Libellenlarven und Wasserskorpione. Dazu dreistachelige Stichlinge und Wasserläufer. Wasserflöhe hüpften durchs Wasser und am Bodengrund ringelten sich rote Mückenlarven und die dünnen rosafarbenen Tubifexwürmer führten ihren indischen Tempeltanz auf. Das klare Wasser des Silbersees war wie ein nie enden wollender Naturdokumentarfilm für mich.

„Was ist denn da so Besonderes?“

Ich hatte nicht bemerkt, dass sich jemand genähert hatte. Als ich mich umdrehte, stand sie fünf Schritte von mir entfernt, ein Mädchen in meinem Alter, vielleicht ein Jahr jünger, schmal und ziemlich klein für ihr Alter.

Ich war erleichtert. Es hätten ja auch ein paar größere Jungen sein können. Mit solchen Typen bekam man leicht Ärger. Davon konnte ich ein Lied singen.

Aber das Mädchen war klein und dünn und schaute scheu zu mir hin. Nein, die würde keinen Ärger machen.

„Ich schaue den Wassertieren zu“, sagte ich und zeigte nach vorne: „Hier sitzt eine Libellenlarve. Gleich fängt sie eine von den roten Mückenlarven.“

Sie reckte den Hals und kam näher: „Ich kann nichts sehen.“

„Du musst schon direkt ans Ufer kommen. Aber tritt nicht zu fest auf, sonst verscheuchst du die Tiere im Wasser.“

Sie kam zögerlich näher. Sie trug ein T-Shirt, das aussah, als hätten es mindestens fünf oder sechs große Brüder vor ihr getragen. Es war ausgewaschen und labberig und der Rock, der ihr bis zu den Knien reichte, war wohl mal rot gewesen, aber vor langer Zeit. An den Füßen trug sie Sandalen, die ausgelatscht wirkten. Sie erbte anscheinend ihre Klamotten von älteren Geschwistern oder Cousinen. Sie tat mir leid.

Sie stand über mir und reckte erneut den Hals.

„Du musst dich hinknien“, sagte ich, „sonst siehst du nix.“

Da kniete sie neben mir nieder.

Ich zeigte: „Da, das ist eine Libellenlarve, eine Großlibellenlarve, um genau zu sein. Sie schleicht sich an diese rote Mückenlarve heran.“

Im flachen Wasser spielte sich vor unseren Augen eine kleine Tragödie ab. Die braungrün gesprenkelte Libellenlarve stakte langsam an ihr Opfer heran. Immer wieder visierte ihr Kopf mit den riesigen halbkugeligen Facettenaugen die Mückenlarve an, die dabei war, sich in den sandigen Bodengrund zu bohren. Plötzlich schoss die Fangmaske unter dem Kopf der Libellenlarve hervor wie die Zunge eines Chamäleons. Die Fangmaske zog das zappelnde Opfer zum Mund des Unterwasserräubers und seine scharfen Mundwerkzeuge begannen die Mückenlarve zu zerlegen. Stück für Stück wurde sie aufgefressen.

Gleichzeitig fasziniert und angewidert schaute das Mädchen zu. Sie zog die Nase kraus: „Iieh! Was ist denn das für ein Monster!?“

Ich merkte auf. Sie sprach nicht in meinem Dialekt.

Sie sagte nicht: „Iieh! Wass issn dass doo for e Monschda!?“

Sie sagte: „Iieh! Wat iss dann datt loo for a Monschda!?“ Das O in Monschda klang fast wie ein U.

Ich verstand. Sie war aus der „Lohei“. So nannte man bei uns scherzhaft die Gegend, die nördlich der sogenannten Das-Dat-Grenze lag, die sich mitten

durchs Saarland zieht. Oberhalb dieser Linie sprach man moselfränkischen Dialekt. Ich verstand das Mädchen mühelos. Meine Mutter stammte aus der Gegend von Saarlouis und ihre Mutter und meine Uroma sprachen diesen Dialekt.
„Es ist die Larve einer Großlibelle“, erklärte ich. „Sie lebt ein bis zwei Jahre unter Wasser und ernährt sich räuberisch. Dann klettert sie eines Tages an einem Schilfhalm aus dem Wasser. Sie platzt auf und eine wunderschöne Libelle kommt heraus. So eine.“ Ich zeigte auf ein grüngoldenes fliegendes Juwel, eine wunderschöne Heidelibelle, die wie ein kleiner Hubschrauber über die Wasseroberfläche schoss.
Das Mädchen schaute der Libelle hinterher: „So was Schönes wird aus diesem hässlichen Krabbelviech?“
Ich nickte. Irgendwie fühlte ich mich eigenartig. Ich konnte nicht recht einordnen, was los war. Aber es gefiel mir außerordentlich, mit diesem Mädchen am Ufer des Silbersees zu knien und die Unterwasserwelt zu beobachten.
Sie zeigte auf einen Rückenschwimmer: „Ist das auch eine Larve?“
„Nein, das ist eine Raubwanze. Die bleibt immer so.“

Ich erklärte die Sensationen der Unterwasserwelt, zeigte ihr Rückenschwimmer und die recht ähnlich gebauten Schwimmwanzen - beides wilde Räuber. Dann einen dreistacheligen Stichling, einen winzigen Fisch von kaum fünf Zentimeter Länge, der damals in jedem noch so kleinen Gewässer im Saarland vorkam, das ausreichend sauber war.

Wir standen auf und spazierten rund um den Silbersee. Ich zeigte dem Mädchen Schilf und Ried, Rohrkolben und Binsen, erklärte den Unterschied zwischen den Kaulquappen von Wasserfröschen und Erdkröten und zeigte ihr die Larven der Teichmolche, die zarte Kiemensträuße an den Seiten ihrer Köpfe trugen.

„Es ist schade, dass ich kein viereckiges Glas habe“, meinte ich, „so eins mit geraden Seiten. Dann könnte ich Tiere einfangen und wir könnten sie in diesem kleinen Aquarium eine Weile in Ruhe anschauen. Durch die Wasseroberfläche kann man nicht alles sehen, vor allem, wenn der Wind kleine Wellen macht.“

Sie schaute mich an und ich registrierte, dass ihre Augen hellgrau waren mit einem Stich ins Grüne. Ein paar honigfarbene Sprenkel waren rund um ihre

Pupillen verteilt. Sie passten gut zu ihrem dunkelblonden Haar, das sie als simple Ponyfrisur trug.

„Ich könnte was mitbringen." Sie zögerte. „Morgen ... falls du morgen da bist."

„Klar. Geht in Ordnung." Ich wunderte mich, wie hastig ich sprach, und fragte mich, warum ich so atemlos klang und beim Sprechen so ein komisches Gefühl im Bauch hatte. Ich musste sie anschauen. Es ging nicht anders.

Sie schaute stumm zurück, fragend und ... ich wusste nicht, wie ich das nennen sollte. Aber ihr Blick löste seltsame Gefühle in mir aus. Das hatte ich noch nie erlebt, wenn ein Mädchen mich angeschaut hatte.

„Ja, dann morgen", sagte sie endlich. „Ich bringe was mit. Nach dem Mittagessen."

„Ich werde pünktlich da sein", sagte ich. „Dauert aber. Ich muss mit dem Klapprad von Bexbach hierher kurbeln. Sind fast zehn Kilometer. Ich bringe mein Fangnetz mit und dann fischen wir Viecher aus dem Wasser."

Erst jetzt bemerkte sie mein Klapprad, das im Schatten der Büsche neben dem Silbersee stand: „Was hast du da auf dem Gepäckträger?“

„Meine Wasserpulle“, antwortete ich. „Habe ich mit einem Expander festgemacht. Ach ja, auch noch mein Schiffchen. Das wollte ich eigentlich schwimmen lassen. Habe ich total vergessen vor lauter Tiere gucken.“ Ich lächelte.

Sie lächelte zurück.

Ihr Lächeln verursachte ein angenehmes Ziehen in meinem Herzen.

„Du hast ein richtiges Schiff?“

„Nein, ganz simpel“, gab ich zurück. „Habe ich selber gebaut.“

Ihre Augen wurden groß: „Selber gebaut? Du kannst Schiffchen bauen?“

Mir war die Angelegenheit etwas peinlich. „Ist doch ganz einfach gemacht.“ Ich holte das Schiffchen: „Guck. Nur ein zurechtgesägtes Brettchen mit Mast und einem Segel aus Nylon und einem Kielschwert aus einer platt gehämmerten Limodose. Es ist nicht mal angemalt. Bei uns in Bexbach können alle Jungen solche Schiffchen bauen.“

Sie nahm die kleine Jacht behutsam in die Hände und begutachtete sie. „Bei uns nicht.“ Sie sagte nicht, wo

„bei uns" lag. Mir kam das komisch vor, aber ich mochte nicht fragen. Ich spürte, dass ich besser den Mund hielt. Ich wollte sie nicht vertreiben. Ich wollte, dass sie blieb.

Einen kleinen Vorstoß konnte ich mir aber nicht verkneifen: „Ich heiße Stefan. Und du?"

Sie betrachtete das Schiffchen aus der Nähe und ließ die Kuppe ihres Zeigefingers über das Schnürchen laufen, das am Bug an einem kleinen Nägelchen festgebunden war und zur Mastspitze hoch führte. Dort war es mehrfach drum herum gewunden und zusätzlich mit Klebstoff befestigt, bevor es hinten wieder abstieg und im Bootsheck an einem kleinen Nagel festgebunden war.

„Melanie", sagte sie beiläufig. Sie tippte auf das Schnürchen: „Wofür ist das gut?"

„Bei richtigen Schiffen stabilisiert ein solches Seil den Mast. Bei meinem Schiffchen sorgt es dafür, dass der Mast nicht aus seinem Loch ausreißt, wenn man das Boot an der Mastspitze hochhebt." Ich fasste das Schiffchen an der Mastspitze und hielt es vor mich: „Stell dir vor, ich stehe barfuß am Ufer und hebe das Schiffchen aus dem Wasser. Mitten in der Bewegung

reißt der Mast aus seinem Loch, weil er mit der Zeit locker wurde, und das Boot fällt mir auf die Zehen."
Ich zeigte auf das Kielschwert aus dünnem Blech unter dem Schiffchen.
Ihre Augen schwenkten vom Kiel zu meinen Füßen.
Sie verzog das Gesicht: „Wie ein Beil."
Ich nickte: „Genau. Wie ein Beil. Nachdem mir das einmal passiert ist, baue ich immer diese Sicherungsschnur an." Ich grinste: „Ich hatte Glück. Damals trug ich dicke Gummistiefel. Es ist nichts passiert."
Ich trat zum Ufer des Silbersees und ließ das kleine Schiff zu Wasser. Augenblicklich blähte eine kleine Brise das Nylonsegel und das Boot fuhr los.
Melanie gab einen überraschten Ton von sich: „Es fährt tatsächlich!" Sie klang begeistert.

Den Rest des Nachmittags verbrachten wir damit, das Schiffchen von den unterschiedlichsten Uferstellen aus zu Wasser zu lassen und zu beobachten, wo der Wind es hintrieb. Ich zeigte Melanie, dass man das Kielschwert am hinteren Ende ein wenig verbiegen konnte, sodass es wie ein Steuerruder wirkte.

Wir wechselten uns damit ab, dass Schiffchen schwimmen zu lassen und nach der Anlandung
an einen neuen Startpunkt zu bringen.
Der Silbersee war nicht sehr groß. Den Namen hatte er von den Schülern des nahen Johanneums bekommen, wo auch ich zur Schule ging. In Wirklichkeit war es bloß ein langgestreckter kleiner Weiher - vielleicht achtzehn Meter lang, wenn es hochkam, und an der breitesten Stelle fünf bis sechs Meter breit, eigentlich nur eine große Pfütze im Sand einer Bodensenke. Er war wie eine unregelmäßige Ellipse geformt. In einem der Brennpunkte der Ellipse gab es eine kleine flache Sandinsel, die wir die Enteninsel nannten, weil dort manchmal Enten in der Sonne dösten, wenn sie nicht auf der Weiheroberfläche umherschwammen.
Genau an dieser kleinen Insel blieb mein Schiffchen hängen.
„Ach, Kacke!" Ich schaute missmutig. „Musste das sein? Hoffentlich dreht der Wind bald, damit es sich loslöst."
Der Wind drehte aber nicht. Das Schiffchen hing fest.
Melanie zog ihre Sandalen aus: „Ich gehe es holen." Barfuß schritt sie ins Wasser.

„Pass auf!“, rief ich ihr hinterher. „Ich weiß nicht, wie tief es ist.“
„Ich kann tief rein“, gab sie zurück und hob ihren Rock am Saum hoch. „Zumindest bis zu meinem Schlüpfer.“
Ganz so tief wurde es nicht; der Silbersee war ein flacher Weiher. Aber an der tiefsten Stelle reichte ihr das Wasser bis zur Hälfte der Oberschenkel.
Während sie durchs Wasser watete, blieb mein Blick an ihren Kniekehlen hängen. Ich wusste nicht, wieso. Noch nie hatten mich die Kniekehlen eines Mädchens interessiert. Aber bei Melanie musste ich hinsehen. Der Anblick war irgendwie faszinierend.
Melanie erreichte die Enteninsel. Sie stieg aus dem Wasser, befreite das festhängende Schiffchen und ließ es auf der anderen Seite losschwimmen. Dann kam sie zu mir zurück.
„Auf der anderen Seite traue ich mich nicht“, sagte sie. „Dort ist das Wasser unten drin ganz dunkelgrün. Ich glaube, dort ist es viel tiefer.“
Ich nickte: „Du hast die einzige Furt benutzt, die es gibt. Ich wusste nicht mal, dass eine da ist. Du warst ganz schön mutig.“
Sie wurde ein bisschen rot: „Das war doch nichts

Besonderes."

„Doch, doch!" Ich nickte energisch. „Ich habe mal einen Jungen gesehen, der hatte so hüfthohe Anglerhosen an. Der hat sich nicht mal bis zur Hälfte getraut. Er sagte, unten im Boden sei Sumpf und er würde untergehen."

„Sumpf?" Sie schaute ungläubig. „Da war nur Sand." Sie schüttelte ihre nassen Füße: „Und Steine."

Ich erklärte ihr, dass es an einigen Uferstellen nach starken Regenfällen tatsächlich einen „Sumpf" gab. Dort war der rote Sand aufgeweicht und man konnte fast bis zu den Knien einsinken.

„Im Sommer macht das Spaß", erklärte ich, „barfuß und in kurzen Hosen im Matsch rumtappen."

Sie betrachtete meine lange Hose, sagte aber nichts. Dann zeigte sie aufs Wasser, wo sie kurz zuvor durchgewatet war: „Regen kommt aber nicht bis zum Boden des Weihers, oder? Und wenn es da unten immer nass ist, wie kann dann mal Sumpf sein und dann wieder nicht?"

Ich lachte: „Der Junge hat bloß eine Ausrede benutzt, weil er sich nicht traute. Aber du hast dich getraut." Mein Blick fiel auf meine Armbanduhr: „Ich kann nicht

mehr lange bleiben. Ich muss bald los."
„Schon?" Sie wirkte enttäuscht. „Kommst du morgen wieder?"
Ich nickte: „Ja." Ich blickte mich um.
„Was suchst du?"
„Einen Platz, an dem wir mein Schiffchen verstecken können, eine Stelle, wo es keiner findet. Manchmal kommen andere Kinder hierher. Ich will nicht, dass es jemand kaputt macht oder klaut."
Gemeinsam suchten wir eine Stelle im Gebüsch, wo wir das kleine Schiff versteckten. Dann spazierten wir raus aus der Geländevertiefung, in der der Silbersee lag, und die Straße entlang, die neben der Bahnstrecke verlief. Melanie ging barfuß. Die Sandalen trug sie in der Hand.
Ich schaute auf die Uhr. Ein halbes Stündchen hatte ich noch - wenn ich auf dem Heimweg tüchtig Gas gab. Ich schob mein orangefarbenes Klapprad zu dem Wartehäuschen neben der Bahn. Es war nichts als eine Art primitiver Unterstand aus Eisenprofilen und Rechtecken aus irgendeinem farbigen Plastikzeugs, wo man vor Regen geschützt auf die Züge warten konnte. Es gab sogar eine Bank zum Hinsetzen. Ich studierte

den Fahrplan.
„In zehn Minuten kommt ein Zug aus Homburg und fährt nach Süden bis Rheinheim. Sollen wir auf ihn warten?"
Sie schaute mich ratlos an. Das sah entzückend aus, fand ich. „Willst du mit dem Zug nach Hause fahren?", fragte sie.
„Nein." Ich war für einen Moment durcheinander. „Der fährt auch nicht in die richtige Richtung. Ich schaue nur gerne der Eisenbahn zu und die Strecke ins Bliestal ist genial. Hier fahren manchmal noch Schienenbusse. Die gibt es sonst nirgends mehr. Bei uns in Bexbach fahren fast nur Elektroloks. Diesellokomotiven sieht man fast nie und erst recht keinen Schienenbus."
Melanie setzte sich auf die Bank im Wartehäuschen. Ich nahm neben ihr Platz. Am liebsten wäre ich direkt neben sie gerückt, aber das traute ich mich nicht. Eine seltsame Scheu hatte mich ergriffen.
Sie zappelte mit ihren bloßen Füßen. Ich schaute auf ihre Knie. Wieder spürte ich dieses komische Gefühl. Ich konnte es nicht einordnen. Was war schon Besonderes an einem Knie? Es entzog sich meinem

Verstand. Aber ihre Knie zogen meine Augen an. Ich bemühte mich, es sie nicht merken zu lassen.

„Was ist so schön an der Eisenbahn?“

Ich schrak auf. Sie hatte mich anscheinend seit einer Weile beobachtet. Hatte sie gesehen, wie ich auf ihre Knie geschaut hatte? Jetzt bloß nicht rot werden!

Ich zuckte die Achseln: „Weiß nicht. Ich schau es mir halt gerne an. In Bexbach kann man auf die Bergehalde raufklettern und von oben zuschauen, wie die Güterzüge von Homburg nach Neunkirchen fahren und in die Gegenrichtung. Das sieht schön aus. Wie eine Modelleisenbahn. Hier in Beeden schau ich gerne, weil auf dieser Strecke Loks fahren, die ich nur selten sehe. Vor allem der Schienenbus gefällt mir. Einmal möchte ich mit dem von hier bis nach Blieskastel fahren, eine richtige Ausflugstour. Die könnte ich am Alextag machen.“

Sie guckte neugierig: „Alextag?“

Ich grinste schief: „Das ist so eine Ausrede, die ich mir letztes Jahr in den Sommerferien einfallen ließ. Damals musste ich Voolkeer immer mitschleppen und wollte wenigstens an einem Tag in der Woche meine Ruhe vor dem Blödian.“

„Voolkeer?“

„Eigentlich heißt er Volker, aber Mops sagt immer Voolkeer. Sie zieht seinen Namen beim Sprechen so komisch lang.“

„Mops?“

Ich schnitt eine Grimasse: „Meine Stiefmutter - sozusagen. Also, verheiratet ist sie nicht mit meinem Vater, aber das kommt vielleicht noch.“

Sie bemerkte wohl, wie sich mein Gesicht verfinsterte: „Du möchtest das nicht?“

Ich schüttelte den Kopf: „Mops ist ein Ekel. Sie ist gemein und total ungerecht. Immer zieht sie ihren doofen Volker vor und ich bin der Depp in der Familie.“ Ich erzählte in knappen Worten, wie meine Mutter drei Monate vor meinem zehnten Geburtstag an Krebs gestorben war, wie mein Vater im gleichen Jahr etwas mit Mops angefangen hatte, von dem widerlichen Tratsch in Bexbach, von den verhassten Sonntagsausflügen mit Vaters neuer Freundin und ihrem nervtötenden Sohn, der mir immer angehängt wurde. Ich berichtete knapp von meinem ziemlich armseligen Leben. Ich wurde in meiner Familie nicht gut behandelt.

Melanie hörte still zu. Als ich fertig war, legte sie mir kurz die Hand auf den Arm. Die Berührung elektrisierte mich geradezu. „Das ist schlimm“, sagte sie leise. Mehr nicht.

Ich hoffte von ganzem Herzen, sie möge ihre Hand an der Stelle liegen lassen, aber leider zog sie sie zurück.

„Du kannst also jede Woche am Mittwoch für einen ganzen Tag herkommen?“, fragte sie.

„Ja“, sagte ich. „Ich tue so, als ob ich mit meinem Schulfreund Alex aus Homburg Mathe übe. Mops ist tatsächlich drauf reingefallen. Ich habe jede Woche in den Ferien einen freien Tag ganz für mich und bin ihren nervigen Voolkeer los.“

In der Ferne ertönte ein Pfiff.

Ich reckte den Hals: „Der Zug kommt. Scheint aber kein Schienenbus zu sein. Die pfeifen anders.“

Kaum hatte ich es gesagt, kam eine dunkelrote V100 aus Richtung Homburg. Sie hatte zwei Silberlinge am Haken, lang gestreckte Personenwaggons, die außen silberglänzend waren. Mit zischenden Bremsen hielt der Zug am Haltepunkt.

Eine ältere Dame stieg aus. Der Schaffner schaute Melanie und mich kurz an. Als er merkte, dass wir

nicht einstiegen, hob er die Kelle und pfiff. Er stieg ein und schlug die Tür hinter sich zu. Mit grollendem Diesel zog die V100 an. Langsam setzte sich der Zug in Bewegung.
Ich schaute ihm mit brennenden Augen nach: „Einsteigen möchte ich und mitfahren bis ans Ende der Welt!"
„Fährt er denn so weit?", wollte Melanie wissen. Sie war irgendwie goldig.
„Nein." Ich blickte sie an. Jedes Mal, wenn ich sie anschaute, war da so ein sanftes Rumoren in meinem Bauch und ich spürte ein süßes Piksen in meinem Herzen. „Er fährt nur bis Rheinheim. Das liegt direkt an der französischen Grenze." Ich atmete tief durch: „Aber in meiner Fantasie fährt er bis ans Ende der Welt und dann immer weiter."
Melanie schaute mich auffordernd an. Sie sagte nichts.
„Als ich noch jünger war, habe ich mal von einem speziellen Zug geträumt. Das waren zwei Waggons. Vorne direkt hinter der Lok hing einer mit Schlafabteil und Bad und Dusche und so. Hinten einer mit einem richtig gemütlich eingerichteten Wohnzimmer und am Ende hatte dieser zweite Waggon eine offene Terrasse.

Dort konnte man sich bei schönem Wetter hinsetzen und die Gegend betrachten, durch die der Zug fuhr. Gezogen wurde er von einer Diesellok. Es gibt nämlich nicht überall Stromleitungen über den Schienen." Ich zeigte nach oben: „Hier zum Beispiel gibt es keine. Aber auf dem Homburger Bahnhof sind über jedem Gleis Stromdrähte."

Melanie wischte den Sand von ihren Füßen und zog ihre Sandalen an.

„Vielleicht sehen wir morgen einen Schienenbus", meinte sie.

„Ja, vielleicht." Ich stand auf. „Ich muss jetzt los." Ich klappte den Ständer meines Fahrrades hoch und wartete, dass sie mitkam nach Beeden. Aber sie blieb sitzen. Komisch. Wir hätten noch ein Stückchen gemeinsam gehen können. Aber sie machte keine Anstalten aufzustehen.

„Dann bis morgen", sagte ich schließlich.

Sie lächelte mir zu: „Bis morgen. Ich bringe was mit, damit wir die Tiere aus dem Weiher betrachten können. Denk an dein Fangnetz."

„Mach ich", versprach ich und stieg auf. Ich trat in die Pedale und fuhr die Straße nach Beeden hinauf. Ich

wollte am Beeder Türmchen hochfahren und dahinter den Feldweg runter zur Bundesstraße zwischen Homburg und St. Ingbert. Über Limbach würde ich rasch nach Hause kommen.
Oben an der Straße drehte ich mich noch einmal um, bevor ich nach links abbog.
Melanie stand am Wartehäuschen und schaute mir nach. Ich winkte ihr. Sie winkte zurück.

*

Am anderen Tag konnte ich es kaum erwarten, nach dem Mittagessen loszufahren. Ich hatte mein Fangnetz auf dem Gepäckträger dabei. Ich kurbelte, als gelte es mein Leben. Ich wollte so schnell wie möglich zum Silbersee.
Nein. Nicht zum Silbersee. Zu ihr! Zu Melanie.
Ich wusste nicht genau, was mir passiert war. Es war ein seltsames Gefühl und gleichzeitig ein sehr schönes. War ich verliebt? Ich hatte damals eine „Flamme", ein Mädchen, das ich manchmal morgens am Bahnhof sah und das meine Blicke anzog. Immer wenn ich dieses Mädchen sah, machte mein Herz einen kleinen Hopser.

Mehr war da aber nicht. Sie gehörte zu einer ganz anderen Gruppe.

Mit Melanie war es anders. Wir waren am Tag zuvor zusammen gewesen. Wir hatten miteinander gespielt und geredet. Sie hatte mir eine Hand auf den Arm gelegt. Ich konnte mich noch haargenau an das Gefühl erinnern, das ich dabei gehabt hatte. Es war ein sehr schönes Gefühl gewesen.

Jedenfalls freute ich mich, zu ihr zu fahren.

Als ich am Silbersee ankam, lag ein altes Rad an der Stelle, an der ich am Tag zuvor mein Klapprad abgestellt hatte. Das Ding war wohl mal dunkelgrün und silberfarben gewesen. Jetzt war es rostig. Am Gepäckträger befand sich eine Fahrradtasche, sogar eine doppelte; so eine in Rot-Schwarz, diesem Schottenmuster, das damals gerade in war, mit schwarzen Deckeln, die den Inhalt vor Regen schützten. Alles aus echt Kunstleder mit echtem Stoffbezug in echtem Schottenkaro. Die Tasche sah genauso heruntergekommen aus wie das erbärmliche Fahrrad.

Plötzlich fühlte ich ein Ziehen im Herzen. Melanie tat mir mit einem Mal unheimlich leid. Ich selber hatte ja, weiß Gott, nicht viel, aber dieses Mädchen schien wirklich arm zu sein.

Als ich mich umschaute, entdeckte ich Melanie am gegenüberliegenden Ufer. Sie ließ eben mein Schiffchen zu Wasser. Ich stand still da und schaute zu. Sie hatte mein Kommen nicht bemerkt und konzentrierte sich voll und ganz auf ihr Spiel. Sie ließ sich mit einer anmutigen Bewegung auf die Knie sinken und setzte das kleine Holzschiff mit großem Ernst ins Wasser.

Bei jedem anderen wäre ich wahrscheinlich stinkig geworden, dass er einfach mein Schiffchen geholt hatte. Bei Melanie nicht.

Fasziniert sah ich zu, wie sie das kleine Boot losfahren ließ. Sie sagte irgendetwas. Sie war zu weit weg, um etwas zu verstehen, aber ich meinte „Gute Reise" zu verstehen.

Das Schiffchen kam auf mich zu gesegelt. Melanie bemerkte mich. Sie stand auf. Selbst auf die Entfernung konnte ich sehen, wie ihre Augen kurz aufleuchteten: „Da bist du ja."

Ich winkte: „Da bin ich. Bin so schnell gefahren, wie ich konnte." Mein Herz machte ein paar komische

Drehungen und im Bauch war mir irgendwie schwummerig.
Sie kam um den Weiher herum zu mir gelaufen. Heute trug sie ein Jungenhemd mit kurzen Armen und einen Rock in Dunkelrot und Schwarz, der fast aussah wie die Fahrradtasche an ihrem Gepäckträger, bloß wesentlich schäbiger. Das Hemd war am Kragen zerschlissen und ich entdeckte auf Anhieb zwei Flickstellen an dem Ding. An den Füßen trug sie wieder die ausgelatschten Sandalen.
Ihr Anblick in den ärmlichen Sachen löste etwas in mir aus. Es war kein Mitleid. Es war etwas anderes. Ich konnte es nicht in Worte fassen. Es war seltsam: Gerade weil sie so ärmlich aussah, gefiel sie mir. Vielleicht, weil ich dadurch den Menschen Melanie deutlicher wahrnehmen konnte.
Ich bekam große Lust, diesem Mädchen etwas Gutes zu tun. Im Geiste sah ich mich eine meiner kostbaren Silbermünzen verkaufen und ihr von dem Geld ein schönes neues T-Shirt kaufen und vielleicht noch einen hübschen Rock dazu.
Sie stand zwei Schritte von mir entfernt und blickte mich ruhig an.

„Was ist?“, fragte sie.

Ich machte eine hilflose Geste: „Nichts. Was soll sein?“

„Du schaust so.“

„Wie denn?“ Ich fühlte mich unbehaglich.

„Halt so!“ Tief in ihren Augen erkannte ich ihre Traurigkeit. Dachte sie, dass ich sie wegen ihrer Ärmlichkeit scheel ansah? Aber das genaue Gegenteil war der Fall. Ich wollte ihr das sagen, aber mit einem Mal war mein Hals wie zugeschnürt. Ich brachte kein Wort heraus.

Sag was, du Blödkolben!, brüllte ich mich in Gedanken an. Sag was!

Aber es ging nicht.

Neben uns erklang ein sanftes Knirschen. Mein Schiffchen war am Ufer auf Grund gelaufen. Das löste die seltsame Starre, die mich gefangen gehalten hatte. Ich bückte mich nach dem Boot und hob es hoch.

„Willst du es noch mal fahren lassen?“ Ich hielt ihr das Schiffchen hin.

Sie nickte und nahm es in Empfang. Wieder kniete sie am Ufer nieder. Ihre Bewegungen waren anmutig wie die einer Fee. Mir fiel auf, wie hübsch Melanie war.

Das Schiffchen fuhr los. Melanie schaute zu mir hoch.

Sie lächelte scheu. Ich bekam Herzklopfen und lächelte zurück.
Sie schaute an mir hoch. Heute trug ich keine langen Hosen und Turnschuhe. Ich hatte extra Turnhosen und Sandalen angezogen, damit ich wie Melanie im Wasser herumsuddeln konnte.
Als sie aufstand, schwankte sie und fiel gegen mich. Ich fing sie auf und stützte sie für einen Moment. Unsere Augen trafen sich.
Es war, als ob ein unsichtbarer Strahl in mich eindringen würde. Es ging mir durch und durch. Mehrere Sekunden standen wir voreinander. Dann zeigte sie auf meine Sandalen: „Wenn du die ausziehst, kannst du mit ins Wasser kommen. Ich habe das Ding mitgebracht.“ Sie drehte sich um und lief leichtfüßig zu ihrem Rad. Meine Augen wurden wieder von ihren Kniekehlen angezogen. Sie öffnete die Satteltasche und kam mit einem winzigen Aquarium aus Plastik zurück. Ich erkannte das Ding. Ich hatte auch so eins. Es war eine leere Kaffeedose. Alle naslang brachten die Kaffeehersteller solche Sachen heraus. Ein halbes Jahr zuvor hatte Eduscho eine dunkelbraune Kaffeedose mit eingearbeitetem Nadelkissen aus Stoff im Deckel

rausgebracht und die Leute von Jakobs und Co. hatten dieses praktische Nähkästchen schleunigst kopiert.
Die durchsichtigen Plastikdosen mit weißem Deckel, in denen die Kaffeebohnen verkauft wurden, hatte man als Vorratsdosen angepriesen.
Für uns war das kleine Ding, das gerade mal einen Liter Wasser fasste, ein praktisches Aquarium.
Ich holte mein kleines Fangnetz. Dann zogen wir die Sandalen aus und tappten ins flache Wasser hinaus. Das Schiffchen war erst mal vergessen.
Eine Stunde lang fingen wir allerlei Kleingetier aus dem Wasser und beobachteten es in unserem „Forscherbecken“. Wir wechselten uns mit dem Fangnetz ab. Es gab viel zu sehen: Libellenlarven, Gelbrandkäfer, Rückenschwimmer, Kaulquappen, Molchlarven, Dreistachlige Stichlinge, Wasserskorpione, Wasserschnecken, Cyclops, Muschelkrebschen und Wasserflöhe. Dazu noch Schnakenlarven, einen kleinen Süßwasserschwamm, Wasserasseln und Gelbrandkäferlarven mit riesigen Fangmandibeln.
Melanie war fasziniert. Sie hatte nicht gewusst, wie viel Leben es in dem kleinen Weiher gab.

Wenn wir die gefangenen Tiere eine Weile beobachtet hatten, ließen wir sie wieder frei. Meistens machte Melanie das. Dann bückte sie sich und kniete am Ufer. Ich beugte mich über sie. Dabei nahm ich den Duft ihres Haars wahr. Ihre Haare rochen nach Sommer und Wiesenblumen.

Später ließen wir mein Schiffchen schwimmen. Mir fiel auf, dass Melanie nicht von meiner Seite weichen wollte. Als ich vorschlug, dass wir uns auf gegenüberliegende Seiten des Silbersees stellen sollten, um das Boot immer hin und her zu schicken, lehnte sie ab. Nein, sie wollte bei mir bleiben und neben mir herlaufen und das Schiffchen beobachten und es zusammen mit mir auf der anderen Seite aus dem Wasser holen. Diese Anhänglichkeit fand ich schön. Ich konnte nicht sagen, warum, aber es gefiel mir.

Nach einer Weile versteckten wir mein Schiffchen. Wir zogen die Sandalen an und radelten ein bisschen durch die Gegend. Melanie sah hübsch aus, wie ihr der Fahrtwind durch die Haare fuhr und sie fliegen ließ. Die Kette an ihrem Fahrrad quietschte. Sie war ziemlich trocken und verrostet. Kümmerte sich niemand um ihr Rad?

„Wohnst du in Beeden?“, fragte ich.

Sie schüttelte den Kopf: „Ich bin in den Ferien bei meiner Tante zu Besuch.“ Aha. Dann war das wohl ein altes Rad, das seit ewigen Zeiten im Keller herumgestanden hatte, und man hatte es ihr leihweise überlassen.

Melanie gab Gas. Ich erhaschte von hinten einen Blick auf ihre nackten, fohlenhaften Beine und wunderte mich abermals, warum dieser Anblick meine Augen magisch anzog.

Mochte sie dünne Beine haben, sie trat in die Pedale, als hätte sie durchtrainierte Wikingerwaden. Ich musste ordentlich kurbeln, um mitzuhalten. Maßlose Bewunderung überflutete mich. Ein Mädchen, das richtig Rad fahren konnte, und keine weinerliche Jammersuse, die gleich loslegte: „Eh! Fahr nicht so schnell!“

Wie ein Fuchspärchen schnürten wir durchs Bliestal. Wir bogen in Feldwege ab und keuchten Steigungen hinauf. Dabei umrundeten wir den kleinen Ort Beeden und landeten auf der Straße nach Süden, die neben der Bahnstrecke Homburg - Saarbrücken entlangführte.

Wir parkten unsere Räder neben der Straße und

beobachteten Eidechsen am Bahndamm und die auf den Gleisen fahrenden Züge. Abwechselnd tranken wir aus meiner Wasserpulle.

„Kommt der Schienenbus hier vorbei?“, fragte Melanie.

Ich schüttelte den Kopf: „Das hier ist eine Hauptstrecke. Der Schienenbus fährt nur auf Nebenstrecken.“

Sie zeigte in die Höhe: „Gell, weil hier Elektrodrähte über den Gleisen hängen?“

Konnte man so sagen, fand ich. Aber warum den Besserwisser raushängen lassen? Ich nickte und erntete ein kleines Lächeln, das in meinem Bauch kitzelte.

Wir kehrten um und durchquerten die sanft ansteigenden Felder und Weiden auf einem Naturweg, der uns zur Kirche von Beeden brachte. Auf der anderen Seite des Hügels fuhren wir bergab bis zum Beeder Turm, einer Ruine aus alter Zeit. Dort war der Kinderspielplatz und wie ich es erhofft hatte, war an diesem Nachmittag niemand da. Wir hatten die Hoppelbahn für uns allein.

Die Hoppelbahn war eine Fahrstrecke für kleine schwere Dinger, die an dreirädrige Tretroller erinnerten. Man hielt sich an der Lenkstange fest und gab mit dem linken Bein auf dem flachen Teil der Strecke ordentlich Gas, bis man zur Hoppelstrecke kam. Dort ging es wie auf einer flachen Treppe auf und ab. Man ruckte auf dem Dreirad vor und zurück und bewegte das Gefährt damit über die Hoppelstrecke voran, bis man auf der anderen Seite wieder auf flachen Untergrund kam. Eine Weile tobten wir uns aus.

Dann radelten wir einträchtig zur Bahnstrecke, die ins Bliestal führte. Wieder setzten wir uns nebeneinander auf die Bank am Haltepunkt Beeden. Laut Fahrplan würde in zwanzig Minuten ein Zug fahren.

Wir sprachen über den Nachmittag und ich wagte zu fragen, wie lange sie bei ihren Verwandten bleiben würde.

„Vier Wochen“, lautete die Antwort und mein Herz machte vor Freude einen Hüpfer. Vier Wochen!

„Soll ich morgen wiederkommen?“, fragte ich.

Sie nickte: „Mm. Ich warte am Silbersee.“ Mittlerweile hatte sie den Namen des Weihers von mir übernommen. Sie schaute zur mir herüber. Ich probierte ein Lächeln. Es gelang. Sie lächelte zurück.

Mein Herzschlag beschleunigte. Ich befand mich in einem Zustand angenehmer Schwerelosigkeit. Noch nie hatte die Nähe eines Mädchens derartige Gefühle in mir ausgelöst. Ich war einfach glücklich, mit Melanie zusammen zu sein.
„Kann dein Zug auch auf dieser Bahnstrecke fahren?“, fragte Melanie.
Ich verstand sofort, was sie meinte: „Klar. Alle Strecken in Deutschland haben die gleiche Spurweite und weil er von einer Diesellok gezogen wird, kann er auch dort fahren, wo es keinen Fahrdraht gibt.“ Ich dachte angestrengt nach: „Na ja … es gibt natürlich auch Schmalspurbahnen, da sind die Gleise enger. In Afrika sind die Schienen nur einen Meter breit.“
Sie schaute mich an. Ihr Blick ging mir durch und durch: „Und bei uns?“
„Einen Meter dreiundvierzig“, antwortete ich. „Um genau zu sein: eintausendvierhundertfünfunddreißig Millimeter. Das kommt davon, weil die erste Lokomotive des Erfinders der Eisenbahn, George Stephenson, diese Breite hatte. Aber es gibt noch andere Spurweiten. In Russland und Spanien gibt es die Breitspur. Die hat 1600 mm. In Afrika ist im Süden

des Kontinents die Kapspur verbreitet. Das hat aber nichts mit der Kapregion zu tun, sondern ist die Abkürzung des Erbauers der Bahnen dort: Carl Abraham Pihl."

Ich erzählte von Schmalspurbahnen, die eine Spurweite zwischen 600 und 750 mm hatten und manchmal auch 900 mm.

„Schmale Bahnen sind billiger und passen sich dem Gelände leichter an." Plötzlich hielt ich inne.

„Ich bin ganz schön am Quasseln, was?", fragte ich mit einem schiefen Grinsen.

„Ich finde es toll, was du alles weißt", sagte sie. „Irgendwie ist es aber schade, weil dann dein Zug ja gar nicht überall fahren kann."

„Der hat eine Spurweitenregelung", sagte ich schnodderig. „Die Achsen können sich an jede Spurweite anpassen."

Melanie wirkte erfreut: „Das ist gut. Dann können wir nach Afrika fahren und Löwen und Giraffen gucken."

Wir redeten uns in Fahrt und bauten meinen Traumzug in unserer Fantasie zusammen. Wir erschufen eine voll ausgestattete Küche im vorderen Waggon, mit Vorratsschrank und Kühlschrank und

Herd. Im Wohnzimmer gab es einen großen Käfig mit zahmen Wellensittichen und auf dem Boden lag ein weicher Teppich.

Überm Reden lehnte sich Melanie manchmal leicht an mich. Das trieb jedes Mal meinen Herzschlag in die Höhe. Ich hätte ewig so sitzen können.

Während wir in unserer Fantasie mit unserem Wohnzug durch die ganze Welt fuhren, versuchte ich, mehr Informationen über Melanie zu bekommen. Doch immer, wenn ich sie darauf ansprach, wurde sie einsilbig. Sie mochte nicht recht damit herausrücken. Es schien, als sei sie in den Ferien zu ihrer Tante abgeschoben worden. Seit vielen Jahren kam sie im Sommer nach Beeden.

„Hier ist Beeden und ich bin aus Bexbach“, startete ich einen neuen linkischen Versuch, herauszufinden, von wo Melanie kam. Aber sie ging nicht darauf ein. Ihres Dialekts wegen musste sie aus der Gegend um Saarlouis stammen, aber ich fand nicht heraus, wo sie wohnte.

Als ich mich weiter vorwagte, reagierte sie brummig. Da gab ich es auf.

War doch egal, von wo sie kam. Hauptsache, sie war

hier und mit mir zusammen. Nur das zählte.

In der Ferne ertönte ein klagender Pfiff.

„Das ist einer“, rief ich. „Das ist ein Schienenbus.“

Tatsächlich kam kurz darauf ein roter Brummer mit Beiwagen um die Kurve gerumpelt und hielt mit zischenden Druckluftbremsen am Haltepunkt. Zwei Leute stiegen aus, dann setzte sich der dunkelrote Zug mit grollendem Dieselmotor in Richtung Süden in Bewegung.

„Der sieht aber hübsch aus“, fand Melanie. „So viele Fenster. Man kann gut auf allen Seiten hinausgucken.“

Eine Weile saßen wir noch auf der Bank nebeneinander.

„Kommst du morgen wieder?“, wollte Melanie wissen.

„Ja“, antwortete ich. „Aber es kann sein, dass ich nicht jeden Tag komme. Am Wochenende geht es wahrscheinlich nicht.“ Mit Grausen dachte ich an den ungeliebten „Familienausflug“, den mir die Anwesenheit von Mops und ihrem blöden Sohn Voolkeer verderben würde.

„Ich warte jeden Tag am Silbersee“, versprach Melanie. Sie schaute mich an. Wieder ging mir ihr Blick durch und durch. Was machte dieses Mädchen mit mir? „Du kommst aber, wenn du kannst?“

„Ja klar“, antwortete ich. „Ich will ja.“ Ich will unbedingt mit dir zusammen sein, wollte ich sagen, aber ich kriegte keinen Ton heraus. Warum zum Kuckuck konnte ich das nicht sagen? Es war zum Verrücktwerden.

Ich schaute auf meine Uhr: „Ich muss los.“

„Schade.“ Ihre Stimme war ganz leise. Wir standen auf. Dann standen wir voreinander.

„Ich freu mich auf morgen“, sagte Melanie.

„Ich mich auch“, entgegnete ich. Mehr brachte ich nicht raus. Ich musste immerzu schlucken.

Wieder begleitete sie mich nicht nach Beeden. Sie blieb an der Haltestelle stehen und schaute mir nach, als ich davonfuhr. Ich winkte ihr zu, bevor ich in die Straße abbog, die mich in die Ortschaft bringen würde. Sie winkte zurück. Sie wirkte klein und verloren, wie sie mit ihrem alten, schäbigen Fahrrad so mutterseelenallein an der Haltestelle neben der Bahnstrecke stand.

Ich dachte den ganzen Nachhauseweg an sie.

*

Am folgenden Tag war Samstag und ich befürchtete, dass mein Vater mich nach dem Mittagessen abfangen würde, um mir etliche ungeliebte Sklavenarbeiten aufzuhalsen wie Auto waschen, im Garten Unkraut roppen, Rasen mähen, Rasenkanten schneiden oder sonstige Sachen, mit denen er mich mit schöner Regelmäßigkeit jeden Samstagnachmittag traktierte.
Aber ich schaffte es, auszubüxen.
Ich aß, so schnell ich konnte, zu Mittag und haute dann einfach ab, bevor er mich erwischte.
Auf dem Weg nach Beeden dachte ich nur an Melanie. Ich freute mich auf sie. So etwas hatte ich noch nie erlebt. Ich spielte ja auch mit anderen Kindern, auch mit Mädchen, aber diese Vorfreude war völlig neu.

Als Erstes holte ich die kleine Tube Schmierfett aus der Werkzeugtasche meines Rades. Ich hatte sie zu Hause extra eingesteckt. Nun schmierte ich die Kette an Melanies Rad: „Damit es nicht mehr so quietscht und du leichter treten kannst."
Sie schaute mich nur an. Mir wurde ganz anders unter ihrem Blick.

„Hast du die Tube extra mitgebracht?“, fragte sie.

Ich nickte.

Wieder dieser Blick. Sie sagte nichts. Es war seltsam. Sie wirkte traurig und fröhlich zugleich.

„Wollen wir ein Stück weit fahren?“, fragte ich. „Dann kannst du testen, wie viel besser dein Rad jetzt läuft.“

Wir fuhren los. Wir folgten dem Lauf des Erbach bis hinter die Kläranlage.

„Hier könnte man eine Flaschenpost einwerfen“, sagte ich. „Sie würde weiterschwimmen bis zur Blies und dann bis nach Saargemünd, wo die Blies in die Saar mündet.“

Wir standen neben dem begradigten Erbach.

„Und dann?“, wollte Melanie wissen.

„Dann mündet die Saar in die Mosel und die Mosel mündet in den Rhein, und der endet in der Nordsee. Theoretisch könnte eine Flaschenpost von der Nordsee aus um die ganze Welt schwimmen. Ich habe schon ein paarmal eine Flaschenpost losgeschickt.“

„Hast du Antwort bekommen?“

Ich musste passen: „Bis jetzt nicht. Na ja, es waren ja auch nur drei oder vier Gläser.“

Sie guckte mich an: „Gläser? Keine Flaschen?“

„Leere Marmeladengläser und ein leeres Gurkenglas“, sagte ich. „Leere Sprudelflaschen kriege ich nicht. Da ist Pfand drauf und Weinflaschen haben keinen Verschluss. Wenn der Korken raus ist, bekommt man die nicht mehr zu.“

Wir fuhren zum Silbersee zurück und spielten eine Weile mit meinem Schiffchen. Dann entdeckte ich unter den Büschen am Südufer eine rostige Konservendose und grub damit einen Fluss in den Sand am flachen Ufer. Dann füllte ich die Dose mit Wasser und ließ es den „Fluss“ hinunterlaufen. Es floss in Windungen durch den Sand und schwemmte kleine Sandbänke auf und veränderte den Flusslauf - genau wie Wasser das bei einem echten Fluss macht, nur schneller.

Melanie war mit Begeisterung bei der Sache.

Später fingen wir wieder kleine Tiere aus dem Wasser des Weihers und betrachteten sie in Melanies Plastikaquarium und wir ließen mein Schiffchen schwimmen.

Als ich am späten Nachmittag losmusste, begleitete sie mich nur bis zum Wartehäuschen an der Bahn. Dort

stieg sie ab und winkte mir zum Abschied.
Ich stellte keine Fragen. Offensichtlich wollte sie nicht, dass ich erfuhr, wo ihre Tante wohnte. Es kam mir komisch vor, aber ich drang nicht in sie. Vielleicht wohnte ihre Tante in einem alten, heruntergekommenen Haus und Melanie wollte nicht, dass ich sah, wie ärmlich sie untergebracht war. Ihre Kleidung sprach diesbezüglich jedenfalls eine beredte Sprache.

*

Sonntags gelang es mir nicht, auszuritzen. Ob ich wollte oder nicht, ich musste am ungeliebten Familienausflug teilnehmen. Wir fuhren zum Trifels bei Annweiler. Die Burg war interessant und ich sah außen an der Burgmauer Mauereidechsen. Das war eine Seltenheit. Bei uns gab es fast nur die großen grünen Zauneidechsen. Mauereidechsen gab es so gut wie keine. Ich kannte nur die Strecke am Bahndamm hinter Homburg, wo es nach Limbach ging. Dort sah ich manchmal welche.
Trotzdem machte der Ausflug mir keinen Spaß, nicht,

wenn Mops und der bescheuerte Voolkeer dabei waren. Volker war eine notorische Nervensäge und ich durfte mich nicht gegen ihn wehren, dann hätte mein Vater mich verprügelt.
Es war grässlich. Ein ganzer Tag verloren. Ein Tag ohne Melanie. Es tat weh.

*

Montags floh ich nach dem Mittagessen, bevor Mops mich abfangen und mir ihren Sohnemann aufs Auge drücken konnte.
Melanie wartete am Silbersee. Als sie mich erblickte, wirkte sie erleichtert: „Da bist du ja!"
Ich stieg ab und schob mein Rad unter die Büsche: „Gestern war Familienausflug. Ich konnte nicht weg. Gott sei Dank ist das nur sonntags."
Melanie holte etwas aus ihrer Radtasche: „Guck mal."
Es waren zwei saubere Schraubdeckelgläser. „Da waren Bohnen und Pilze drin. Ich habe sie sauber ausgewaschen und getrocknet." Sie holte einen Schulblock und einen Bleistift aus der Radtasche: „Für die Flaschenpost. Was schreibt man denn auf so eine

Post?“

„Einfach nur Adresse und Datum und wo man sie abgeschickt hat.“

Sie reichte mir den Block: „Mach du.“

Ich beschriftete ein Blatt und sprach halblaut mit: „Lieber Finder, diese Flaschenpost wurde am 28. Juni 1975 in Homburg/Saar im Erbach abgeschickt. Ich würde mich sehr freuen, wenn du mir eine Nachricht zukommen lassen könntest, wo und wann du meine Flaschenpost gefunden hast.

Viele freundliche Grüße vom Absender der Flaschenpost

Stefan Steinmetz.“

Dann folgte meine Anschrift.

Ich nahm ein zweites Blatt und beschriftete es auf die gleiche Art. Diesmal trug ich Melanies Vornamen ein: „Wie ist deine Adresse? Wie heißt du mit Nachnamen?“

„Schreib deins hin!“, verlangte sie.

Ich schaute sie verwundert an: „Aber es ist deine Flaschenpost. Du musst deine Adresse angeben. Sonst kann dir der Finder ja nicht schreiben.“

„Schreib deins auf“, beharrte sie.

Auch auf weiteres Drängen gab sie ihre Adresse nicht heraus. Sie war nicht einmal bereit, ihren Nachnamen zu nennen. Auch die Adresse ihrer Tante rückte sie nicht raus.

Ich gab es auf und trug meine Adresse ein: „Wenn die Post gefunden wird, landet die Antwort bei mir zu Hause. Ob unsere Flaschenpost noch in den Ferien gefunden wird, kann ich nicht sagen. Vielleicht findet sie erst in einem halben Jahr ein Fischer in der Nordsee."

„Dann kannst du es mir nächstes Jahr in den Ferien erzählen", meinte Melanie.

„Du kommst nächstes Jahr wieder nach Beeden?" Mein Herz schlug augenblicklich schneller.

Sie nickte: „Hm."

Plötzlich waren alle Farben rund um mich herum bunter. Sie würde im folgenden Jahr wiederkommen.

Wir radelten bis hinter die Beedener Kläranlage und warfen unsere beiden Flaschenpostgläser in den Erbach. Wir schoben die Räder neben dem Bachlauf her und schauten zu, wie die Gläser im Wasser schwammen. Der Weg endete an der Abzweigung nach Schwarzenacker.

„Schade, dass die Wege durch die Blieswiesen nicht bis nach Blieskastel gehen“, sagte ich. „Dann könnten wir von hier aus mit den Rädern dorthin fahren.“

Zurück in der Nähe von Beeden zeigte Melanie mir eine Wiese, die hinter Hecken verborgen lag. Leute, die die Straße entlang kamen, konnten einen dort nicht sehen. Wir legten uns nebeneinander ins Gras und schauten den Wolken zu. Wir versuchten Sachen in den Wolken zu erkennen. Es war ganz leicht. Da schwebte ein riesiges Schloss mit hohen Zinnen über den knallblauen Himmel, dann ein Zeppelin mit zwei Gondeln untendrunter. Wir sahen einen Hasen mit drei Ohren und einen Hund mit aufgerissenem Maul. Die Blumen der Wiese dufteten. Melanie erzählte mir, dass sie morgens oft hier im Gras lag und ein Buch las oder den Wolken zuschaute. Nun wusste ich, warum ihr Haar nach Sommer und Wiesenblumen roch.

Als der Nachmittag zu Ende ging, saßen wir wieder einträchtig nebeneinander im Wartehäuschen an der Bahnstrecke. Wir hatten mein Schiffchen schwimmen lassen und waren im Wald neben dem Johanneum

umhergestreift.
Melanie lehnte sich an mich: „Fahren wir wieder mit deinem Zug?“
„Okay.“ Ich konnte mich nicht richtig konzentrieren. Die Berührung führte dazu, dass sich die feinen Härchen auf meinem Arm aufstellten, und mein Herz begann schneller zu schlagen.
Gemeinsam ließen wir den Zug vor unserem inneren Auge entstehen. Eine V100 kam von Süden her mit zwei Silberlingen im Schlepp. Sie war dunkelrot.
„Muss unsere Diesellok eigentlich rot sein?“, fragte Melanie.
„Nicht die Spur“, sagte ich. „Wir streichen sie, wie wir wollen. Dunkelgrün fände ich nicht schlecht; so ähnlich wie dein Fahrrad. Mit dünnen weißen Zierlinien.“
„Oder blau“, überlegte Melanie laut. „Mit rot angestrichenen Rädern. Die Waggons weiß mit einem dicken blauen Streifen unter den Fenstern und unten über den Drehgestellen.“
„Oder wir nehmen so schöne altmodische Waggons von früher“, schlug ich vor. Die haben nur zwei Achsen und sind viel kürzer als die Silberlinge. Sie

sind dunkelgrün oder braun und weil sie so kurz sind, nehmen wir halt fünf Stück für unseren Zug."
„Wir nehmen unsere Fahrräder mit", sagte Melanie. Sie schaute dem Zug hinterher, der nach Homburg weiterfuhr. Mehrere Fahrgäste waren ausgestiegen und liefen zu Fuß nach Beeden.
„Aber richtig gute", verlangte ich. „Keine doofen Klappräder mit winzigen Rädchen dran. Ich will große 26iger Laufräder und eine Dreigangschaltung. Und einen Tacho am Lenker, der die Geschwindigkeit misst und die gefahrenen Kilometer zählt."
„Große Satteltaschen, damit wir Picknicksachen mitnehmen können." Melanie redete sich in Fahrt. „Dann machen wir mitten in der afrikanischen Savanne ein Picknick und schauen den Zebras und Gnus zu."
„Ich nehme ein Gewehr mit, falls Löwen auftauchen."
Wir redeten, bis ich nach Hause fahren musste. Die ganze Zeit lehnte sich Melanie bei mir an. Ich genoss jede Minute.

*

Die Tage vergingen. Wir sahen uns beinahe täglich. Ich wunderte mich, wie leicht ich jeden Mittag wegkam. Morgens musste ich einkaufen gehen oder Gartenarbeit verrichten, aber mittags hatte ich meine Ruhe. Ich musste nicht wie im Jahr zuvor Mopsens verwöhnten Sohn überallhin mitschleppen. Ich dankte Gott auf Knien für diese Gnade.

Am ersten Alextag rückte ich frühmorgens ab. Auf dem Gepäckträger hatte ich eine Tasche mit Grauwurstbroten und einer Flasche Mineralwasser; zusätzlich zu meiner Wasserflasche.

Melanie wartete bereits am Silbersee auf mich. Sie hatte Brote mit Fenner Harz in ihrer Fahrradtasche, eine Flasche Zitronenlimo und zwei hart gekochte Eier. Wir tauschten unsere Brote - ich mochte Harz lieber als Grauwurst und sie teilte ihre gekochten Eier mit mir, wofür ich sie noch tiefer ins Herz schloss, denn ich war verrückt nach hart gekochten Eiern.

Nachdem wir mein Schiffchen hatten schwimmen lassen, kurbelten wir nach Homburg zum Bahnhof, wo wir den an- und abfahrenden Zügen zuschauten.

Zur Feier des Tages kaufte ich eine Tüte Pommes an der Bude. Wir setzten uns auf Gleis 2 auf eine Bank und futterten die köstlichen Fritten einträchtig.

Später radelten wir rund um Beeden und trieben uns an der Bahnstrecke nach Rheinheim herum. Ich war glücklich. Melanie war bei mir. Wenn sie da war, machte alles Spaß, wirklich alles. Es war egal, was wir unternahmen. Hauptsache, wir waren zusammen.

Am Silbersee präsentierte mir Melanie einen alten Eimer, den sie im Keller ihrer Tante gefunden hatte. Damit konnten wir auf einen Schlag zehn Liter Wasser aus dem Weiher schöpfen und unseren Fluss wässern. Wir gruben einen immer längeren Flusslauf in den Ufersand und fluteten ihn mit Wasser.

„Du, Stefan“, sagte sie plötzlich.

Ich schaute sie an.

„Mit dem Fahrrad ist es bestimmt zu weit bis nach Blieskastel, oder?“

„Hin und zurück vierzig Kilometer“, gab ich zur Antwort. „Auf einem Klapprad eine sehr weite Strecke. Ich muss ja noch von Bexbach hierher und wieder zurück. Da käme ich auf gut sechzig Kilometer an einem Tag. Das ist schwer zu schaffen. Ja, wenn ich ein richtiges Fahrrad mit großen Laufrädern und Dreigangschaltung hätte …“

„Und wenn wir den Zug nehmen?“, fragte sie.
„Das kostet Geld“, sagte ich. „Leider habe ich nur ganz wenig Taschengeld.“
„Ich auch“, gab sie zerknirscht zu. „Aber vielleicht können wir es doch mal machen.“
„Ja, vielleicht“, sagte ich. Die Idee gefiel mir. Mit Melanie im Schienenbus durchs Bliestal fahren. Wir konnten zum Fenster rausschauen und uns die Landschaft ansehen.

*

Die Zeit verging. Wann immer es möglich war, fuhr ich nach Beeden. Mit jedem Tag freute ich mich mehr auf Melanie. Wenn ich sie sah, sprudelte ein irres Glücksgefühl in mir hoch. Am liebsten wäre ich ihr um den Hals gefallen. Aber das traute ich mich nicht. Ich empfand diesem wundervollen Mädchen gegenüber eine eigenartige Scheu.
Wir spielten am Silbersee, wir machten ausgedehnte Wanderungen zu Fuß oder mit dem Fahrrad. Manchmal, wenn wir sahen, wie jemand mit dem Schlauch seinen Garten sprengte, fragten wir höflich, ob er uns die Wasserflaschen auffüllen konnte. Das

Wasser war dann herrlich kalt und frisch. Eine Wohltat bei dem warmen Sommerwetter.
Viermal waren wir im Freibad von Limbach schwimmen. Öfter ging nicht, weil der Eintritt zu teuer war. Wir waren beide immer knapp bei Kasse. Aber einmal spendierte ich uns je ein Capri-Eis. Ich liebte das nach Orange schmeckende Fruchteis und Melanie schmeckte es ebenfalls gut.
Am Ende jeden Nachmittags saßen wir im Häuschen an der Beeder Bahnstrecke und entwickelten in unserer Fantasie die herrlichsten Fahrten mit unserem privaten Wohnzug. Wir fuhren durch ganz Europa, durch Afrika und Amerika. Wir befuhren die Gleise in China und in Thailand und im Orient.
Am nächsten Alextag wanderten wir über die Blieswiesen nach Homburg. Die Räder hatten wir am Silbersee versteckt. Wir stiegen auf den Schlossberg und schauten von oben über die Stadt und sahen, wie die breite Kaiserstraße im Süden allmählich in der Ferne entschwand.
Auf dem Rückweg durch die Blieswiesen fanden unsere Hände ineinander. Ich platzte beinahe vor Freude. Nicht um alles in der Welt wollte ich Melanies

Hand wieder loslassen.

*

Die Tage flogen dahin. Ich schwebte auf einer Wolke der Glückseligkeit. Ich mochte überhaupt nicht an den Tag denken, an dem Melanie fort musste. Jedes Mal, wenn ich daran denken wollte, verdrängte ich den unangenehmen Gedanken.

Wenn wir zu Fuß unterwegs waren, hielten wir uns fast immer bei den Händen und wenn wir am Nachmittag im Bahnhäuschen hockten, lehnte sich Melanie an mich. Irgendwann traute ich mich endlich, den Arm um ihre schmalen Schultern zu legen. Sie schaute mich kurz an und ihr Blick ging mir mal wieder durch und durch. Dann lächelte sie und irgendetwas in meinem Herzen riss. Es war ein unglaublicher, süßer Schmerz. Ich glaubte vor Glück zu sterben. Ich wünschte mir, dieser Sommer möge nie enden.

*

Am letzten Alextag vor Melanies Abfahrt hatte ich die Taschen voller Geld. Ich hatte zwei meiner geliebten Silbermünzen verkauft. Herr Recktenwald, der Homburger Münzhändler, hatte nicht schlecht gestaunt. Er nannte mich einen gerissenen Spekulanten. Silber war gestiegen und ich bekam ein Drittel mehr raus, als die zwei Münzen ein Jahr zuvor gekostet hatten.
Mit rund zwanzig Mark in der Tasche radelte ich nach Beeden.
„Ich habe eine Überraschung", rief ich Melanie zu. Als ich abstieg, schob ich mein Rad zu der Stelle, wo wir unsere Räder immer versteckten: „Ich habe Geld dabei. Wir fahren heute mit dem Zug nach Blieskastel."
Melanie stieß ein fröhliches Glucksen aus: „Du auch? Ich auch!" Sie holte zwei Fünfmarkstücke aus ihrem Geldbeutel: „Ich habe Taschengeld gekriegt."
Wir freuten uns wie die Schneekönige. Hand in Hand liefen wir zum Wartehäuschen. Wir beschlossen, mit einem Schienenbus zu fahren. Wir hatten Glück. Gleich der erste Zug, der nach Süden fuhr, war ein Schienenbus mit Beiwagen. Wir zahlten beim Fahrer den Fahrpreis bis Blieskastel und machten es uns auf

der rechten Seite des Fahrzeuges bequem. Es fuhren nicht viele Leute mit. Wir konnten uns einen Platz aussuchen.

Ich wollte Melanie ans Fenster lassen.

„Nein, du!“, verlangte sie.

„Willst du wirklich nicht?“, fragte ich.

Sie schüttelte den Kopf: „Du! Ich sehe auch so genug.“

Also setzte ich mich ans Fenster und bekam gleich einen Grund, mich zu freuen. Melanie lehnte sich nämlich an mich, um nach draußen schauen zu können. Ach so!

Ich beschloss, ihr auf dem Heimweg auf keinen Fall den Platz direkt am Fenster anzubieten. So war es viel schöner.

Der Schienenbus setzte sich mit laut brummendem Dieselmotor in Bewegung. Im Vorbeifahren sahen wir die Senke, in der der Silbersee lag. Vom Zug aus war das kleine Gewässer nicht zu erkennen.

Weiter ging es Richtung Schwarzenbach und dann hinaus ins Bliestal. Ein herrlicher Anblick.

„Schade, dass es hier keine Wege gibt“, sagte ich. „Radfahren wäre die Schau.“

„Ja“, sagte Melanie. Sie lehnte fest an meiner Seite.

„Lass uns weiterfahren! Immer weiterfahren! Bis ans Ende der Welt!"

Ich legte den Arm um ihre Schultern: „Bis ans Ende der Welt!" Meine Kehle fühlte sich ausgetrocknet an. Die letzte Woche! Mittwoch. Alextag. Dann noch morgen und Freitag. Am Samstag würde Melanie nach Hause fahren. Sie hatte es mir gesagt. Ich mochte gar nicht daran denken.

Der Fahrer des Schienenbusses betätigte die Zugpfeife. Wir passierten einen Bahnübergang bei Bierbach. Wie schnell es ging, wenn man mit dem Zug fuhr. Schon liefen wir in Lautzkirchen ein. Noch eine Station. Kaum einen Kilometer weiter hielt unser Zug am Bahnhof von Blieskastel.

Wir stiegen aus. Vor uns lag Blieskastel mit seinen altmodischen Bauwerken aus vergangenen Jahrhunderten. Das Städtchen kroch vor unseren Augen den steilen Hügel hinauf. Hinter uns brummte der Schienenbus davon, weiter in Richtung Süden.

Bis ans Ende der Welt …

Wäre es doch wahr!, dachte ich mit wehem Herzen.

Nur noch drei Tage!

Schnell schob ich den schmerzlichen Gedanken zur

Seite.
„Wo sind diese zwei Brunnen?“, fragte Melanie. Ich hatte ihr davon erzählt.
Ich zeigte auf die Stadt: „Gleich da in der Altstadt. Lass uns gehen.“
Sie fasste nach meiner Hand und wir zogen los.
Wir stromerten stundenlang durch die Altstadt. Ich zeigte Melanie den Schlangenbrunnen und den Herkulesbrunnen. Weil wir reich waren, konnten wir uns alles leisten. Wir aßen Eis an der italienischen Eisdiele und kauften uns Brezeln in einer Bäckerei. Mittags futterten wir Pommes mit Ketchup und tranken kalte Limonade dazu.
Wir wanderten die schmale Kopfsteinpflasterstraße zur Orangerie hoch und fühlten uns wie in der Renaissance.
Wir wollten gerade gehen, da sahen wir die beiden. Sie waren vielleicht sechzehn oder siebzehn Jahre alt; ein Junge und ein Mädchen, bekleidet nach der Mode der Siebziger: Jeans mit Schlag und knappe T-Shirts, die nicht in den Hosen stecken bleiben wollten. Der Junge trug Puma-Turnschuhe, das Mädchen weiße Clogs mit Holzsohle. Sie standen am anderen Ende des kleinen

Parks und schauten einander tief in die Augen. Dann umarmten sie sich und küssten sich.

Ich war fasziniert von der Innigkeit der kleinen Szene. Die beiden küssten sich lange, dann verließen sie den Park Hand in Hand.

Melanie stand da und schaute mich an. Sie sagte kein Wort. Sie tat überhaupt nichts. Sie stand nur da. Sie hatte wieder diesen Blick drauf, der mir durch und durch ging. Ich konnte nicht sagen, was an diesem Blick so Besonderes war, aber er wirkte. Das tat er immer. Ob meine Augen auf sie die gleiche Wirkung hatten? Das fiel mir an diesem Tag zum ersten Mal ein. Konnte es sein, dass Melanie genauso empfand wie ich? Dass ich mehr als ein unterhaltsamer Spielkamerad für sie war?

Ich war höchst erstaunt über diese Gedanken. Sie kamen überraschend. Ich fühlte mich überrumpelt.

Melanie stand weiter still vor mir und schaute mich an. Ich versuchte mich an die beiden verliebten Teenager zu erinnern. Wie hatte der Junge das gemacht? Er hatte nach ihrem Arm gefasst und gelächelt. Dann hatte sie zurückgelächelt. Sie hatten beide etwas gesagt. Das hatte ich nicht verstanden; dazu waren die zwei zu weit weg gewesen.

Noch zwei Tage! Der Gedanke stieg aus den Tiefen meiner Seele auf wie ein riesiges furchterregendes Meeresungeheuer. Nur noch zwei Tage!

Heute war Mittwoch - Alextag. Uns blieben nur noch der Rest von heute und dann der Donnerstag und der Freitag. Am Samstag würde sie nach Hause fahren. Das hatte sie mir gesagt. Gleich morgens nach dem Frühstück. Wir konnten uns Samstag nicht mehr treffen. Uns blieb nur der Freitag.

Meine Arme kamen von selbst hoch. Ich fasste nach Melanies Armen. Sie schaute mich an.

Ich holte tief Luft. Jetzt musste es heraus. Nie war mir etwas schwerer gefallen. Ich wunderte mich, warum das so schwierig war. Doch es musste sein: „Melanie?"

Sie schaute mich an: „Ja?"

„Ich ... ich wollte dir was sagen." Sie wartete stumm.

Wieder musste ich tief einatmen.

Na los! Sag's schon!, brüllte ich mich in Gedanken an.

Mit jeder Sekunde, die verstrich, wurde es schwerer. Plötzlich war mir mit erschreckender Gewissheit klar, dass mir höchstens noch vier oder fünf Sekunden blieben. Danach würde sich mir der Hals zuschnüren

und ich würde kein Wort hervorbringen. Panik stieg in mir auf.
Dann dachte ich an den wunderschönen Tag, der hinter uns lag, an Melanie, an ihre Augen, an ihre schmale Hand in meiner, daran, wie sie sich im Zug an mich gelehnt hatte, an ihr fröhliches Lachen, das ich so liebte.
Und plötzlich konnte ich es sagen: „Ich mag dich, Melanie. Sogar sehr. Ich wollte, dass du das weißt."
Ich wartete darauf, dass sie verlegen wirken würde, dass sie die Sache mit ein paar flapsigen Bemerkungen zur Seite wischen würde. Doch sie schaute mich nur an. Ewig lange.
Dann schmiegte sie sich an mich. Ganz fest drückte sie sich an meine Brust und ich spürte ihr Herz schlagen. Es schlug schnell, mindestens so schnell wie meins.
Melanie gab einen leisen Laut von sich, eine Mischung aus einem kleinen Jubellaut und einem Schluchzen. Sie presste sich noch fester an mich. Es fühlte sich an, als wolle sie in mich hineinkriechen. Ich hielt sie umarmt. In meinem Kopf drehte sich alles. Ich fühlte in diesem Moment eine solche Glückseligkeit und eine so große Liebe zu diesem Mädchen, dass mir schier das Herz

barst.

Sie hob den Kopf und schaute mich an. Ihre Augen waren riesengroß.

Es ging wie von selbst. Wir machten einfach nach, was wir bei dem Pärchen gesehen hatten. Wir legten die Lippen ineinander und küssten uns.

Wir küssten uns nur auf die Lippen. Keiner von uns beiden wusste, was ein Zungenkuss war. Gott! Wir waren wirklich zwei naive Menschenkinder.

Aber es war gut, so wie es war. Wir wurden eins.

Als wir uns voneinander lösten, hatten wir uns verändert. Ich wusste nicht zu sagen, was sich geändert hatte. Wir sahen aus wie vorher und doch war alles anders.

„Ich mag dich auch", sagte Melanie. Ihre Stimme vibrierte auf eine Art, dass sich mein Herz anfühlte wie die straff gespannte Saite einer riesigen Geige. Alles in mir vibrierte. „Ich mochte dich schon am ersten Tag, Stefan."

„Ich auch, Melanie."

Wir sagten es. Wir waren ehrlich. Wir sagten es ein paar Mal. Plötzlich ging es ganz leicht. Alles ging leicht. Wir wurden leicht. Wir schwebten.

Wir stromerten noch eine Weile durch Blieskastel und schauten uns die Altstadt mit ihren verwinkelten Gassen an. Wir hielten uns ständig an den Händen. Keiner wollte den anderen auch nur für eine Sekunde loslassen. Immer wieder blieben wir stehen und umarmten uns.
Ich platzte vor Glück.
Keiner von uns hatte einen Fotoapparat. Ich gäbe alles darum, ein Foto von Melanie zu besitzen. Es war dumm. Wir spazierten an einem Fotoatelier vorbei. Wir hätten uns knipsen lassen können. Geld hatten wir genug. Aber der Gedanke kam uns gar nicht. Heute tut mir das sehr leid.
Aber wir waren viel zu beschäftigt mit uns und unserer unglaublichen Liebe. Wir schwebten durch den Tag.

Am Nachmittag fuhren wir zurück. Diesmal in einem Zug aus zwei Silberlingen, der von einer dunkelroten V100-Diesellok gezogen wurde. Wir saßen nebeneinander auf den roten Kunstledersitzen und hatten die Arme umeinander gelegt. Wir schauten zum

Fenster hinaus und machten Pläne fürs nächste Jahr. Dass wir in zwei Tagen getrennt werden würden, verdrängten wir. Darüber verloren wir kein Wort.

Immer wieder drängte Melanie sich eng an mich. Sie legte den Kopf auf meine Schulter und manchmal sagte sie meinen Namen; einfach nur meinen Namen. Ich schwebte im siebten Himmel. Zum ersten Mal in meinem Leben verstand ich, wie dieser Spruch gemeint war. Im siebten Himmel. Ich erlebte es mit jeder Faser meines Seins.

Zurück in Beeden, holten wir unsere Räder und sausten durch die Blieswiesen und über die Feldwege rund um Beeden. Wir kurbelten bis zum Bahnhof von Homburg und futterten an der Bude Bratwurst mit Senf.

Dann ging es noch einmal zum Silbersee zurück. Wir ließen mein Segelschiffchen zu Wasser und schauten in enger Umarmung zu, wie es mitten in die Sonne segelte.

„Ich wünschte, wir könnten mitfahren“, sagte Melanie.

Ich drückte sie: „Ich auch.“

Dann fuhren wir zum Haltepunkt an der Bahnstrecke.

Wir wollten noch einen Zug abwarten und überlegten laut, ob es eine V100 mit langen, silbernen Waggons sein würde oder ein Schienenbus mit Beiwagen. Wir wünschten uns beide den roten Brummer.

Laut Fahrplan war noch Zeit. Wir ließen die Räder am Wartehäuschen stehen und spazierten Hand in Hand neben den Schienen dahin auf der schmalen Straße, die zur Kläranlage führte.

Wir schworen uns ewige Liebe.

Schreiben konnten wir uns leider nicht. Ich hatte zu Hause Mops und meine miese Großmutter. Eine von den beiden würde gewiss jeden Brief an mich öffnen. Melanie erklärte nicht, warum sie keinen Brief bekommen durfte, aber sie schien ebenfalls Sorgen zu haben. Nein, schreiben konnten wir einander nicht und Telefon hatte sie zu Hause keins. Das gab es noch in den Siebzigerjahren, dass Leute kein Telefon hatten. Tatsächlich.

„Wir sehen uns ja nächstes Jahr in den Ferien wieder“, sagte ich. Zum ersten Mal sprach ich es laut aus: Wir würden am Freitag getrennt werden. Das Herz wurde mir schwer.

Melanie schmiegte sich in meinen Arm: „Wir haben

nichts, was unsere Liebe beweist. Wenn ich wegfahre, wird es sein, als wäre ich nie hier gewesen."

Ich blieb abrupt stehen. Nein! Das durfte nicht sein! Unsere Liebe war viel zu groß, um im Nichts zu verfliegen.

Mir kam eine Idee. Ich zeigte auf die Vegetation in der Nähe des Bahndamms: „Ich weiß was, Melanie!"

Neben der Straße befand sich ein Wiesenstreifen mit einigen niedrigen Büschen hier und da. Dann kamen die Gleise und dahinter auf der anderen Seite wuchsen Bäume. Es waren Birken, Weiden und wilde Apfelbäume. Auf dem Wiesenstreifen vor den Gleisen reckten sich dünne Schösslinge aus dem Gras in die Höhe. Sie waren wohl aus Samen der Bäume aufgegangen und versuchten, zu richtigen Bäumen zu werden.

Ich suchte zwei Schösslinge aus, die nahe genug beieinanderstanden. Ich vermochte nicht zu sagen, welche Baumart es war. Ich kniete mich auf den Boden. Melanie tat es mir gleich.

„Diese zwei Bäumchen sollen unsere Liebe aufnehmen und auf alle Zeit beweisen", sagte ich. Mir fehlten die richtigen Worte. „Sie sind der Beweis unserer nie endenden Liebe."

Melanie verstand: „Der Beweis für unsere nie endende Liebe!" Gemeinsam verflochten wir die dünnen, biegsamen Schösslinge ineinander. Wir wanden sie vier- oder fünfmal ineinander, bis sie aus dem Gras hochschauten wie zwei sich umarmende Liebende. Die Dinger waren kaum dreißig Zentimeter hoch.

Ich schaute auf. Wir waren ungefähr fünfzig Meter vom Wartehäuschen entfernt. Ich prägte mir die Stelle ein.

Über diesen beiden ineinander verdrehten Baumschösslingen standen wir in inniger Umarmung und schworen uns immer wieder ewige Liebe. Ein jeder wollte auf den anderen warten, auch wenn es ein ganzes Jahr dauern würde. Wir küssten uns.

In der Ferne ertönte ein klagender Pfiff.

Melanie lächelte: „Es ist ein Schienenbus. Das ist ein gutes Zeichen."

Kurz darauf brummte ein roter Schienenbus mit Beiwagen vom Homburger Bahnhof herbei und hielt am Wartehäuschen. Zwei Leute stiegen aus und der rote Brummer fuhr mit grollendem Diesel wieder an. Als er an uns vorbeikam, winkten wir. Der Zugführer betätigte kurz die Pfeife und winkte lächelnd zurück. Er war unser Zeuge. Er und sein Schienenbus besiegelten es endgültig. Melanie und ich waren eins. Wir würden einander immer lieben.

*

Die letzten zwei Tage verbrachten wir genauso einträchtig wie die vielen Tage zuvor. Aber etwas war anders. Unsere Liebe schweißte uns noch enger zusammen. Wir verbrachten die Zeit in einem angenehmen Traumzustand. Wir radelten gemeinsam durch die Gegend, wir spielten am Silbersee, wir wanderten Hand in Hand durch die Natur.

Freitags fuhren wir - gezogen von einer dumpf grummelnden V100 - bis zum Bahnhof von Homburg. Wir stromerten durch die Stadt. Bevor wir nach Beeden zurückfuhren, aßen wir Pommes an der Bude. Wir teilten uns einträchtig eine Portion und nahmen zwei Dosen Limo mit.

Die Limo kühlten wir im Silbersee, während wir mein Schiffchen schwimmen ließen. Wie immer weigerte sich Melanie, sich auf die gegenüberliegende Seite des kleinen Gewässers zu stellen, damit wir das Schiffchen hin und her schwimmen lassen konnten. Sie wollte stets nahe bei mir sein und lief an meiner Seite um den Weiher herum zu der Stelle, wo das kleine Segelboot ans Ufer fuhr, um es erneut zu Wasser zu lassen. Mir gefiel ihre Anhänglichkeit und mir fiel ein, dass sie schon am ersten Tag so gewesen war. Sie war beim Spielen nicht von meiner Seite gewichen.

An diesem letzten Tag hatte Melanie ihr altes grün-silbernes Fahrrad nicht dabei. Sie war zu Fuß zum Silbersee gekommen. Also konnten wir keine Fahrradtour machen. Aber wir streiften Hand in Hand umher, bevor wir wieder zum Silbersee zurückkehrten. Wir waren zusammen. Nur das zählte. Wir waren einander nahe wie nie. Wir wünschten uns, dieser Tag möge nie enden.
„Ich lasse das Schiffchen hier am Weiher“, sagte ich. „Dann können wir nächstes Jahr gleich damit spielen.“
„Und ich lasse das kleine Plastikbecken da“, meinte Melanie. „Zum Betrachten von Wassertieren.“
Wir schauten uns an. Es wurde Zeit. Es ließ sich nicht aufhalten. Wir mussten los. Auf dem Weg zum

Wartehäuschen schob ich mein Fahrrad. Am Häuschen stellte ich es ab und wir spazierten Hand in Hand an der Bahnstrecke entlang. Bei unseren ineinander verflochtenen Bäumchen blieben wir stehen. Wir begannen wieder damit, unseren Traumzug zum Leben zu erwecken. Wir rüsteten die Waggons mit allen nur erdenklichen Sachen aus, um mit diesem tollen Wohnzug die ganze Welt zu bereisen.

Die Zeit raste dahin. Viel zu schnell kam die Stunde des Abschieds. Noch einmal fuhr ein dunkelroter Schienenbus mit Beiwagen an uns vorbei. Wir winkten. Der Fahrer betätigte die Zugpfeife und winkte zurück.

„Ich muss los", sagte ich nach einem Blick auf meine Armbanduhr.

Sie stand vor mir und schaute mich an. Geh nicht!, flehten ihre Augen. Lass mich nicht allein!

Mir war schlecht vor Trauer. Es tat so weh, dass ich hätte schreien können. Mein Herz war wund vor Schmerz. Warum mussten wir scheiden? Warum bloß? Warum durften wir nicht zusammenbleiben? Es war ungerecht!

Wir standen bei den verdrehten Bäumchen und wieder schworen wir uns ewige Liebe. Nichts und niemand würde dieser Liebe etwas anhaben können. Wir waren zutiefst davon überzeugt. Noch einmal küssten wir uns. Dann gingen wir Arm in Arm zum Wartehäuschen, wo mein orangefarbenes Klapprad auf mich wartete, um mich nach Hause zu tragen.

Normalerweise fuhr ich weg und Melanie blieb am Wartehäuschen stehen und winkte mir nach. Diesmal wollte sie zu Fuß nach Beeden gehen - vor mir.

„Bitte verfolg mich nicht", bat sie.

Ich schüttelte den Kopf: „Nein, nein!" Ich umarmte sie und drückte sie an mich. Sie wollte nicht, dass ich sah, wo sie die Ferien verbracht hatte. Wahrscheinlich hauste ihre Tante in einer verkommenen Bruchbude für sozial schwache Familien. Ich verstand Melanie und respektierte ihren Wunsch. Aber schade war es schon. Wir hätten gemeinsam quer durch Beeden gehen können, am Beeder Türmchen vorbei den Hügel hinauf bis zu einer der Stellen, wo von ganz oben Feldwege durch die Wiesen und Felder sanft hügelabwärts verliefen bis runter zur Straße nach St. Ingert, der ich immer folgte, bis in zwei Kilometern Entfernung die Straße nach Limbach abzweigte. Wir hätten noch einige kostbare Minuten miteinander verbringen können und ich hätte Melanie von ganz unten an der Straße ein letztes Mal zuwinken können. Doch sie wollte nicht und ich mochte sie nicht dazu drängen.

Drum sah ich ihr mit blutendem Herzen hinterher, wie sie schleppenden Schrittes vom Wartehäuschen die Straße hinauflief auf die Abzweigung nach Beeden zu. Mir war zum Weinen zumute. Oben an der Abzweigung drehte sie sich noch einmal um. Ich bereitete mich darauf vor, ihr zu winken.

Da kam sie zu mir zurückgerannt. Sie rannte, als gelte es ihr Leben. Ich lief ihr entgegen.

Sie warf sich in meine Arme und presste sich an mich. Wir umarmten uns stumm und standen da und litten gemeinsam. Noch einmal blickten wir uns an. Ich sah den gleichen Schmerz in ihren Augen, den ich im Herzen spürte. Es tat unendlich weh.

„Ich liebe dich, Melanie." Plötzlich konnte ich es sagen. Es ging ganz leicht.

Sie warf sich erneut in meine Arme: „Ich liebe dich, Stefan."

Wir küssten uns.

Dann stand sie vor mir mit großen Augen. „Vergiss

mich nicht!", sagte sie so flehend, als gelte es das Leben. „Bitte vergiss mich nicht, Stefan!"
„Ich werde dich nie vergessen, Melanie", versprach ich. „Ich werde immer an dich denken, so lange ich lebe."
Sie ging. Oben an der Abzweigung drehte sie sich noch einmal um. Wir winkten einander zu. Dann war sie fort. Ich stand mit meinem Fahrrad neben der Bahn und in meinem Innern machte sich eine entsetzliche Leere breit. Melanie war fort. Wie sollte mein Leben ohne sie weitergehen? All die schlimmen Dinge in meinem Leben hatte ich verdrängt, solange ich mit Melanie zusammen war. Ich spürte, dass diese Dinge darauf lauerten, zu mir zurückzukommen wie bösartige Raubtiere, die die ganze Zeit in den Schatten gelauert hatten, bis meine Seele wieder ohne Schutz war - den Schutz unserer gemeinsamen Liebe.
Ein ganzes Jahr ohne Melanie! Ein ganzes langes Jahr!
Ich stieg aufs Rad und fuhr los. Mein Herz blutete und doch war ich so unfassbar glücklich. Ich hätte singen und weinen können, alles zugleich.
Diesmal fuhr ich nicht quer durch Beeden. Ich hatte Melanie versprochen, an der Kreuzung vor Beeden

rechts abzubiegen in Richtung Homburg. Dort angekommen, bog ich links in die Bundesstraße ab, die mich nach Limbach bringen würde.

Als ich dahinfuhr, schaute ich immer wieder nach links den sanften Hügel hinauf, wo ich oben die Häuser und die Kirche Beedens sehen konnte.

Ob Melanie irgendwo dort oben stand und mir nachschaute? Es war zu weit weg, um das zu erkennen, aber sie würde selbst auf die große Entfernung mein leuchtend orangefarbenes Klapprad erkennen.

Bevor ich außer Sicht radelte, hielt ich an und winkte zu den Beedener Häusern hinauf. Vielleicht würde sie es sehen.

Wenn sie da oben stand …

Dann fuhr ich nach Hause. Ich war glücklich und traurig zugleich.

Ein Jahr.

Daran hielt ich mich fest. In einem Jahr würde ich meine geliebte Melanie wiedersehen.

*

Zwei oder drei Wochen nach dem Ende der Sommerferien fuhr ich noch einmal mit dem Rad nach Beeden. Den ganzen Weg lang erlebte ich eine Art Replay der Vorfreude, die ich in den Ferien jedes Mal gefühlt hatte, wenn ich zu Melanie an den Silbersee fuhr. Es war schön, auch wenn mir recht wehmütig ums Herz war.

In Beeden fuhr ich zuerst zum Wartehäuschen bei der Bahn. Ich wollte kontrollieren, ob unsere „Liebesbäumchen“ sich noch umarmten.

Sie taten es. Sie waren immer noch miteinander verflochten, ganz so, wie Melanie und ich sie Wochen zuvor zurückgelassen hatten. Während ich die Straße hinunterradelte zum Silbersee, dachte ich an Melanie, an ihre grauen Augen mit dem leichten Grünschimmer, die mich so oft angeschaut hatten, an ihr flatterndes dunkelblondes Haar im Wind, an ihre hübschen Kniekehlen, die meine Blicke angezogen hatten, an ihre schmale, biegsame Gestalt, an ihre Freude, wenn wir zusammen etwas unternahmen, und an ihr wundervolles Lachen. Und ich dachte an ihre unmöglichen Klamotten, an die Sachen, die aussahen, als stammten sie aus der Altkleidersammlung, und an die Tatsache, dass dieses ärmliche Aussehen gleich am ersten Tag dazu geführt hatte, sie trotzdem zu mögen. Gerade weil sie so daherkam, hatte ich mich zu ihr hingezogen gefühlt.

Ein ganzes Jahr!

Ein ganzes Jahr lang würden wir uns nicht sehen. Aber unsere Liebe würde bestehen bleiben, dessen war ich mir absolut sicher. Eine solche Liebe wie unsere musste ewig währen. Ich zweifelte keinen Moment daran, dass diese Liebe die Zeit überdauern würde.

Ich fuhr zum Silbersee, um mich noch einmal in allen Einzelheiten an Melanie zu erinnern. Ich wollte nach Wasserkäfern und Stichlingen schauen und mir dabei vorstellen, dass sie an meiner Seite war.

Es war ein Schock, das Schiffchen zerstört am Ufer vorzufinden. Mein Schiffchen! Auf den ersten Blick erkannte ich, dass man es mutwillig kaputt gemacht, es regelrecht vernichtet hatte. Große Schuhabdrücke im Sand erzählten die Geschichte der Zerstörung. Die kleine Segeljacht war kaputt getrampelt worden - aus reinem Mutwillen, aus purer Gemeinheit.

„Ihr Dreckschweine!“, wisperte ich. Ich fühlte Wut und unendliche Traurigkeit. Warum musste es Menschen geben, die nichts anderes konnten, als anderen alles kaputt zu machen!? Warum tat jemand so etwas Dreckiges?!

Ich kontrollierte unser Versteck. Melanies kleines Plastikbecken war verschwunden.

„Ihr Schweine!“, flüsterte ich. „Ihr gottverdammten Dreckschweine!“

Wenn das mal kein schlechtes Omen war!

Mir verging die Lust zu bleiben. Ich hatte keine Lust mehr, Wasserkäfer und Libellenlarven zu beobachten. Der Ort war besudelt. Besudelt von der widerlichen Gemeinheit von dreckigen Mistschweinen, die nichts als Zerstörung im Kopf hatten. Überall gab es diese ekelhaften Dreckschweine. Sie drangsalierten kleinere Kinder und schlugen sie zusammen.

Sie zerstörten die Häuschen, die andere Kinder sich unter großen Mühen gebaut hatten. Sie machten alles kaputt - einfach so. Dreckschweine!

Ich fuhr traurig nach Hause. Ich mochte nicht mehr bleiben. Erst im nächsten Jahr würde ich wiederkommen, um Melanie zu treffen.

+ * + * +

Im Jahr darauf war ich wesentlich schneller unterwegs, als ich nach Beeden fuhr. Im April hatte ich endlich ein richtiges Fahrrad bekommen, ein Herrenrad mit 26-Zoll-Reifen und einer Dreigangschaltung. Es lief schnell wie der Wind.

Ich hatte es eilig. Mir lief die Zeit davon. Wie ein Damoklesschwert hing der mir aufgezwungene Ferienaufenthalt bei Tante Anni und Onkel Walter über mir. Ich hatte nicht hingewollt, aber ich wurde gezwungen. Erst hieß es: für eine Woche. Aber aus einer Woche wurden zwei und zum Schluss sogar drei. Es war zum Kotzen! Warum konnte ich nicht zu Hause bleiben? Ich wollte nicht zu diesen Leuten.

Mir blieben nur die ersten drei Wochen der Ferien, um mit Melanie zusammen zu sein. Aber die wollte ich voll ausnutzen. Ich würde jeden Tag direkt nach dem Frühstück ausrücken und den ganzen Tag mit Melanie verbringen. Das konnte ich ohne Weiteres.

Mops war fort. Sie war irgendwann mit ihrem nervenden Sohn weggegangen. Wohin, war mir egal. Hauptsache, sie war fort.

Das Johanneum war ich ebenfalls los. Ich war zum

zweiten Mal sitzen geblieben und musste die widerliche Schwulenschule deshalb verlassen. Mein Vater hatte getobt, aber ich hatte innerlich frohlockt. Nach den Ferien würde ich die vierjährige Aufbaurealschule in Bexbach besuchen. Endlich weg von dem grässlichen Johanneum mit den ungerechten Patern, von denen sich einige gerne mal an kleinen Jungen vergriffen. Ich fühlte, dass mein Leben von Stund an besser verlaufen würde. Die Zukunft lag keineswegs rosig vor mir, aber es konnte nur besser werden.
Und Melanie war die Schlagsahne obendrauf.

An diesem ersten Ferientag war ich noch nicht frühmorgens aufgebrochen, weil ich mir dachte, dass sie wohl erst nach dem Mittagessen am Silbersee auf mich warten würde. Ich wollte nicht unnötig rumhängen und vor Sehnsucht nach ihr vergehen. Ich wollte vom Rad springen und sie anschauen und in die Arme nehmen. Mein Herz schlug vor Freude.
Ob sie gesehen hatte, dass unser Schiffchen und ihr kleines Aquarium weg waren? Ich hatte kein neues Schiffchen gebaut. Ich war inzwischen vierzehn und

sie dreizehneinhalb. Ich wusste nicht recht, ob sie noch Lust hatte, ein kleines Segelschiff auf dem Silbersee schwimmen zu lassen. Falls doch, würde ich noch am gleichen Abend eins bauen. Die Einzelteile lagen zu Hause bereit.

Ich kam zum Silbersee. Er lag da, wie ich ihn im Jahr zuvor verlassen hatte.
Melanie war nicht da.
Konsterniert blickte ich in die Runde. Wo war sie? War sie etwa noch nicht bei ihrer Tante? Aber im Jahr zuvor war sie gleich am ersten Ferientag am Silbersee aufgetaucht.
Vielleicht kommt sie etwas später, überlegte ich. Vielleicht hat sie bei ihrer Tante noch etwas zu tun.
Doch mich beschlich der leise Verdacht, dass Melanie nicht bei ihrer Tante war. Es konnte doch sein, dass sich ihr Besuch in Beeden verschoben hatte. Letztes Jahr hatte sie die ersten vier Wochen der Ferien bei ihrer Tante verbracht. Vielleicht würde sie dieses Jahr eine Woche später kommen, oder - mir blieb das Herz stehen - sie würde die letzten vier Ferienwochen in Beeden sein.

Oh nein!

Das würde bedeuten, dass uns nur eine einzige gemeinsame Woche verblieb. Eine grässliche Vorstellung.

Ich wartete den ganzen Nachmittag. Melanie kam nicht. Schließlich radelte ich die Straße neben der Bahn entlang. Da waren sie: die ineinander verdrehten Bäumchen. Der Beweis unserer ewigen Liebe. Sie waren nur unwesentlich größer geworden. Sie reichten mir bis zum Gürtel, aber sie waren immer noch dünn. Ich überlegte, ob ich sie weiter oben auch zusammenflechten sollte, weil sie ja gewachsen waren, aber dann ließ ich es lieber sein. Die Bäumchen sollten so bleiben, wie Melanie und ich sie ineinander verflochten hatten. Wenn überhaupt, würde ich daran nur zusammen mit Melanie etwas ändern.

*

In den folgenden drei Wochen fuhr ich jeden Nachmittag zum Silbersee. Mit jedem Tag, der verging, wurde ich unruhiger. Ein letztes Mal bekam ich Auftrieb, als die letzte Woche vor meinem

Ferienaufenthalt bei Tante Anni und Onkel Walter begann. Wenn Melanie dieses Jahr die letzten vier Wochen der Sommerferien bei ihrer Tante in Beeden verbringen würde, musste sie jetzt auftauchen.
Sie kam nicht. Montags nicht. Dienstags nicht. Nicht am Mittwoch und nicht am Donnerstag. Blieben noch Freitag, Samstag und Sonntag.
Aber immer lag der Silbersee verlassen da. Melanie kam nicht.
Sonntags hatte ich ein sauber ausgewaschenes Marmeladenglas mit festem Metalldeckel dabei und einen Brief an Melanie, den ich zu Hause geschrieben hatte. Ich schrieb ihr, dass ich die zweite Ferienhälfte leider bei entfernten Verwandten weit weg verbringen müsste, dass ich aber die letzten drei Ferientage wieder im Lande sei und auf jeden Fall zum Silbersee kommen würde. Ich bat sie, auf mich zu warten. Für den Fall, dass sie mir etwas mitzuteilen hätte, ließ ich zwei leere Blatt Papier und einen Bleistift im Glas bei dem Brief zurück. Das Glas deponierte ich dort, wo wir im Jahr zuvor mein Segelschiffchen und das kleine Plastikbecken versteckt hatten. Zwar bestand die Möglichkeit, dass die Pisser, die im Jahr zuvor mein

Schiffchen zerstört hatten, die Nachricht fanden, aber ich glaubte kaum, dass die Kacker sich die Mühe machen würden, das Versteck noch einmal zu suchen, falls sie überhaupt diesen Sommer zum Silbersee kommen würden.

*

Montags ging es zu Tante Anni und Onkel Walter. Für mich fühlte es sich an wie eine Sträflingsdeportation, ich wurde gezwungen. Drei Wochen lang hasste ich mich durch die langweiligen Tage fern der Heimat. Hatte sich Melanie all die Jahre genauso gefühlt, wenn sie in den Sommerferien zu ihrer Tante nach Beeden musste?

Besonders unangenehm war die Lektüre eines Buches, das mir Tante Anni schenkte: *David Copperfield* von Charles Dickens. Der Roman war super, aber es gab da etwas, das mich ziemlich bedrückte.

Der kleine David Copperfield besucht mit seiner Tante Verwandte an der See und er freundet sich mit einer gleichaltrigen Cousine an. Sie heißt Emily. Die zwei sind unzertrennlich und sie lieben sich.

Als David im Jahr darauf wiederkommt, will Emily nichts mehr von ihm und der „ewigen Liebe“ wissen.
Beim Lesen dieser Passage bekam ich ein kaltes Gefühl im Bauch. War es mit Melanie und mir vielleicht genauso? Liebte sie mich nicht mehr? Hatte sich die Zuneigung zu mir verflüchtigt? Hatte sie mich vergessen? Mich abgehakt?
Gern war sie nicht bei ihrer Tante zu Besuch. So viel hatte ich heraus gehört, wenn sie im Jahr zuvor darüber gesprochen hatte. Sie fühlte sich abgeschoben und wollte nicht nach Beeden. Hatte sie die Ferienaufenthalte bei ihrer Tante genauso gehasst wie ich meine drei Sträflingswochen bei Tante Anni und Onkel Walter? Hatte sie sich gegen einen erneuten Ferienaufenthalt in Beeden gewehrt?
Ich war jedenfalls ziemlich fertig. Ich wusste nicht, was ich denken sollte.

*

Dann war ich endlich wieder daheim in Bexbach. Gleich am Freitagmorgen raste ich nach Beeden. Das Marmeladenglas mit meiner Nachricht an Melanie stand unberührt im Versteck.

Melanie war nicht da. Ich wartete den ganzen Tag. Mir sank der Mut. Mir wurde klar, dass sie dieses Jahr überhaupt nicht nach Beeden gekommen war, aus welchem Grund auch immer. Trotzdem war ich auch Samstag und Sonntag da und wartete auf sie. Ich konnte nicht anders. Eine große Hoffnungslosigkeit machte sich in mir breit. Es begann richtig wehzutun.

Sonntag schrieb ich unter meinen Brief eine neue Nachricht. Ich bat Melanie, sich bei mir zu melden, falls sie mal zwischendurch zu ihrer Tante zu Besuch käme. Ich hinterließ unsere Telefonnummer und einen frankierten Briefumschlag mit meiner Adresse, falls sie kein Geld für eine Briefmarke hätte.

Dann hockte ich todunglücklich auf der Bank im Wartehäuschen an der Bahn und dachte über Melanie nach. Warum war sie nicht gekommen? Wilde Spekulationen tobten durch meinen Kopf. War sie tot? Gestorben? Es gab auch bei Kindern Krebs. Leukämie war besonders häufig. Hatte sie im Jahr zuvor nicht arg dünn und trotz Sommersonne blass gewirkt? Hatte sie einen tödlichen Autounfall gehabt? War sie mit ihren Eltern umgezogen? War die Tante aus Beeden weggezogen? Hatte es Familienkrach gegeben und Melanie hatte nicht zur Tante in Beeden gedurft?

Ich kam nicht dahinter. Es machte mich verrückt.

Als ein Schienenbus vorbeifuhr, hätte ich beinahe geweint. Mein Herz war wund vor Schmerz. Ich fühlte eine solch allumfassende Traurigkeit wie noch nie zuvor in meinem Leben. Es tat wahnsinnig weh. Ich hatte nicht gewusst, dass einem das Herz dermaßen wehtun konnte.

Schließlich musste ich nach Hause. Ich fuhr zu den beiden ineinander verflochtenen Bäumchen und schaute sie an.

Melanie!, dachte ich. Melanie!

Dann fuhr ich nach Hause.

*

Im Verlauf des neuen Schuljahres fuhr ich gelegentlich zum Silbersee und kontrollierte das Marmeladenglas. Es konnte ja sein, dass Melanie mal am Wochenende bei ihrer Tante zu Besuch war. Anfangs war ich beinahe jede Woche dort, aber als der Herbst kam und ich nichts von Melanie hörte, kam ich immer seltener, bis ich nach einem letzten Besuch im beginnenden Frühling wegblieb.

*

Erst als die Sommerferien anfingen, fuhr ich wieder nach Beeden.

Ich machte mir nichts vor. Es war ziemlich sinnlos. Das war mir klar. Ich war jetzt fünfzehn und Melanie vierzehneinhalb. Wir hatten uns zwei Jahre lang nicht gesehen. Wir waren älter geworden. Wir hatten jeder für sich unser Leben weitergelebt.

Und doch musste ich hinfahren - zum Silbersee.

Das Marmeladenglas stand noch immer unberührt in unserem ehemaligen Versteck. Von Melanie keine Spur. Ich hinterließ ihr eine neue Nachricht in der Hoffnung, dass sie vielleicht dieses Jahr nach Beeden kommen würde. Große Hoffnung hatte ich keine.

Als ich neben der Bahn entlang radelte, fand ich die zwei ineinander verdrehten Bäumchen nicht mehr. Ich war baff. Hatte man das Stück Land neben den Gleisen mit einer Buschsäge gemäht? Hatte jemand die Bäumchen ausgerissen? Oder waren sie einfach nur

von anderen Gewächsen überwuchert worden? So sehr ich auch schaute, ich fand sie nicht.
Es tat nicht so weh wie ein Jahr zuvor. Zwei Jahre sind eine lange Zeit, wenn man jung ist. Ich war nicht voller Traurigkeit. Aber das Herz tat mir ja doch ein bisschen weh.
Ich ging ins Freibad und ich machte Radtouren. Ich traf mich im Freibad mit Mädchen. Ich hatte einen schönen Sommer. Aber ich dachte immer mal wieder an Melanie. Ich kam jede Woche einmal zum Silbersee und kontrollierte das Glas mit meiner Nachricht an sie. Es stand nach wie vor unberührt im Versteck.
Nach den Ferien fuhr ich nicht mehr hin.

*

Mit sechzehn Jahren fuhr ich am ersten Ferientag noch einmal zum Silbersee. Ich wusste, dass das totaler Quatsch war, aber ich konnte nicht anders. Es war wohl so, dass ich einfach nach einer Antwort suchte. Ich wollte gerne wissen, warum sie nicht gekommen war. Waren wir auf schmerzliche Weise von einem grausamen Schicksal getrennt worden oder hatte sich

bei ihr die „große Liebe“ einfach im Laufe eines Jahres verflüchtigt? Inzwischen war ich alt genug, um ziemlich genau zu wissen, dass Letzteres geschehen war. So ging es nun einmal im Leben. Ich konnte es verstehen und ich akzeptierte es ohne Wenn und Aber.
Ich hatte einen neuen Brief für Melanie dabei. Ganz cool kam der daher mit „Hi, Melanie, kennst du mich noch? Erinnerst du dich an den Sommer vor drei Jahren? Wär vielleicht ganz nett, wenn wir uns mal treffen könnten, um miteinander zu quatschen. Ich spendier dir ein Eis.“ Ich hinterließ Telefonnummer und Adresse und einen neuen Briefumschlag mit Marke, denn inzwischen kostete ein Brief mehr als im Jahr zuvor.
Natürlich glaubte ich nicht daran, etwas von Melanie zu hören.
In der letzten Ferienhälfte fuhr mein Vater mit meinen kleineren Geschwistern in Urlaub. Ich blieb bei den Großeltern im Haus und hatte meine Ruhe. Vor allem konnte ich jeden Tag am Fernseher meines Vaters schauen, was ich wollte.
Damals kam jeden Sonntag ein Film mit den Beatles. Zuerst der wirklich tolle Schwarz-Weiß-Film von 1964.

Sonntags drauf kam „Help". Der war schon nicht mehr so toll. Viel zu viel Klamauk, fand ich. Am letzten Feriensonntag kam dann der Zeichentrickfilm „Yellow Submarine"; ein dämlicher psychedelischer Schwachsinn. Nach fünfundzwanzig Minuten schaltete ich den Fernseher aus. Der Film war unerträglich. Nein, einen solchen Blödsinn würde ich mir nicht antun.

Stattdessen holte ich mein Rad aus dem Keller und fuhr noch einmal nach Beeden.

Melanie war nicht da gewesen. Das Marmeladenglas stand unberührt und die verflochtenen Bäumchen fand ich auch diesmal nicht. Wahrscheinlich existierten sie nicht mehr, waren irgendeiner Flurbereinigungsaktion zum Opfer gefallen. Das machte mich ein wenig betroffen. Der sichtbare Beweis für unsere Liebe war weg. Das fand ich schade. Aber inzwischen war jener Sommer mit Melanie weit fort in der Vergangenheit. Nur noch eine schöne Erinnerung. Viel mehr war es nicht mehr für mich. Und doch fühlte ich ein wehmütiges Ziehen im Herzen, als ich dort neben der Bahnlinie stand, wo wir uns damals ewige Liebe geschworen hatten.

Ich fuhr nach Bexbach zurück und kehrte nie wieder. Der Sommer mit Melanie wurde in meinem Herzen zu einer Art Legende. Gelegentlich dachte ich an sie, aber nur selten. Es wurde zu einem Buch in dem großen Regal voller Erinnerungen. Die Traurigkeit verblasste. Auch die Erinnerung verblasste ein Stück weit. Andere Dinge in meinem Leben wurden wichtig. Mit Anfang zwanzig dachte ich praktisch gar nicht mehr an Melanie.

Das Buch mit der Erinnerung stand im Bücherregal, aber ich zog es nicht heraus. Es blieb ebenso unberührt wie das Marmeladenglas in unserem ehemaligen Versteck.

*

Ich machte während meiner Lehre nicht mehr so viele Radtouren. Ich musste morgens mitten in der Nacht aufstehen und war nachmittags oft einfach zu groggy, um Rad zu fahren.

Nach der Lehre wurde ich Soldat auf Zeit und war fast zwei Jahre von zu Hause fort. Ich kam nur am Wochenende nach Hause. Meine geliebten Radtouren starben fast aus.

Erst mit Mitte zwanzig wurde ich heimatnah stationiert und ich kaufte mir ein Mountainbike. Mit diesem Rad war ich häufig unterwegs und ich benutzte, wo es möglich war, autofreie Nebenwege, kleine Feld- und Wirtschaftswege und Waldwege. Seltsamerweise fuhr ich sehr selten in der Gegend rund um den Silbersee herum. Vielleicht deshalb, weil es mich damals zumeist weit hinaus zog. Ich benutzte die Wege im Umkreis von fünfzehn Kilometern rund um Bexbach nur als „Ausfallstraßen“, um weiter raus zu kommen, und der Weg, der am Silbersee entlangführte, gehörte nicht zu diesen Ausfallstraßen, weil er kurz hinterm Klärwerk am Erbach einfach mitten in den Wiesen endete und nirgends hinführte.

Heute ist das anders. Auf dem gleichen Weg kann man ewig weiterfahren bis nach Frankreich, durchs gesamte Bliestal. Ab Lautzkirchen führt dieser Radweg über die alte, aufgegebene Bahnstrecke nach Süden bis Rheinheim. Mit dem Zug kann man schon lange nicht mehr nach Blieskastel fahren.

Dann hatte ich diesen seltsamen Traum. Ich hatte ewig

nicht mehr an jenen Sommer mit Melanie gedacht. Das war so weit weg. Es war eine Erinnerung unter vielen und sie interessierte mich nur wenig. Ich war mit der Realität vollauf beschäftigt. Wie eh und je rannte ich jedem Rock hinterher, auch wenn die Röcke seit Mitte der Siebziger zumeist Jeanshosen waren. Aber mir kam es ja auf den Inhalt dieser „Röcke“ an. Ich war ein fleißiger Schürzenjäger.

Dann dieser Traum, als ich Mitte zwanzig war. Er kam aus heiterem Himmel und ohne jeden Anlass. Es war einer dieser Träume, in denen man eine fremde Person beobachtet und doch gleichzeitig die Gefühle dieser Person exakt fühlen kann, als wäre man selbst diese Person.

Es ging um Melanie. Es war die Melanie von 1975. Es war ein Jahr später und Melanie freute sich unbändig, mich in den Ferien 1976 wiederzusehen. Im Traum war sie nicht einen Tag älter geworden. Sie sah so aus, wie ich sie in Erinnerung hatte, und der Traum war fast farblos, beinahe schwarzweiß.

Im Jahr vorher war sie am Samstagmorgen von ihrer Tante mitsamt ihrem Köfferchen in Homburg in den Zug gesetzt worden und allein nach Hause gefahren.

Zu Hause war irgendwo in der Nähe von Saarlouis. Sie merkte sich die Geldsumme, die die Fahrkarte gekostet hatte.

Ein Jahr später erfuhr Melanie dann kurz vor den Ferien, dass sie nicht nach Beeden zur Tante konnte. Die Tante war weggezogen oder sonst was.

Melanie war am Boden zerstört. Sie war völlig verzweifelt. Sie erinnerte sich an den Fahrpreis ein Jahr zuvor und fing an, ihr karges Taschengeld zu sparen, um die doppelte Geldsumme zusammenzubringen, denn für einen Besuch in Beeden per Bahn würde sie eine Rückfahrkarte brauchen.

Kurz vor Ferienende hatte sie das Geld mit Ach und Krach zusammen und lief mit klopfendem Herzen zum Bahnhof. Sie fragte am Schalter nach dem Preis einer Rückfahrkarte von Saarlouis nach Homburg. Die Antwort war ein Schock. Die Bahn hatte die Fahrpreise erhöht und ihr fehlten rund drei Mark. Das Geld reichte nicht.

Im Traum fühlte ich ihr Erschrecken und ihre Fassungslosigkeit. Sie bedankte sich höflich. Ihre Stimme war nur ein leises Piepsen. Dann ging sie mit hängenden Schultern zum Bahnhof hinaus und lief neben den Gleisen entlang. Ihre Traurigkeit überschwemmte mich wie eine Flutwelle. Ihre Verzweiflung war nicht auszuhalten.

Schließlich begann sie schrecklich zu weinen. Sie stand neben den Bahngleisen und weinte bitterlich. Sie wusste, dass sie nicht den Hauch einer Chance hatte, in den letzten Ferientagen das Geld für die Zugfahrt zusammenzubekommen. Sie wusste, es war aus. Das brachte sie schier um. Sie weinte und weinte. Einen so traurigen und verzweifelten Menschen hatte ich noch nie erlebt.

Als ich aufwachte, schwang der Traum lange in mir nach. Er war erschreckend realistisch gewesen.

Ich wunderte mich, wieso ich ausgerechnet von Melanie geträumt hatte. Das war doch alles so lange her. Es war Vergangenheit und ganz sicher hatte es sich nicht so abgespielt wie im Traum. Ich wusste längst, dass bei einer „ewigen Liebe“ in früher Jugend ein Part oft nach wenigen Wochen aufhörte, „auf ewig“ zu lieben. Das war halt so und wahrscheinlich war es bei Melanie genauso gelaufen. Sie hatte mich im Laufe des ersten Jahres schlicht vergessen.

Doch weil ich am folgenden Wochenende eh eine

Radtour ins Bliestal geplant hatte, machte ich einen Abstecher zum Silbersee. Mir war eingefallen, dass ich das kleine Gewässer nie fotografiert hatte, obwohl ich mit knapp achtzehn Jahren endlich einen eigenen Fotoapparat bekommen hatte.

Also kurbelte ich Samstag nach Beeden, um den Silbersee zu knipsen und alten Erinnerungen nachzuhängen.

Der Silbersee war weg.

Zuerst dachte ich, ich hätte mich verfahren, aber nein! Da war die Straße neben der alten Bahnstrecke. Da war das Haus mit der niedrigen Mauer und dahinter war der Weg zu der Bodensenke verlaufen, in der der Silbersee lag. Aber die Senke war fort. Zugeschüttet. Mein Marmeladenglas mit den Briefen an Melanie war begraben unter Tonnen von Sand. Flurbereinigungsmaßnahme Marke Siebzigerjahre! Sie mussten es Ende der Siebzigerjahre oder Anfang der Achtzigerjahre gemacht haben, denn die Stelle war komplett zugewachsen.

Ich war perplex und schalt mich in Gedanken. Warum war ich nicht 1980 im Sommer hergekommen und hatte den Silbersee mit meinem neuen Fotoapparat geknipst? Vielleicht hatte es ihn da noch gegeben. Nun war er fort. Es gab den Platz nicht mehr, wo ich im Sommer 1975 die vielleicht glücklichsten Wochen meines Lebens verbracht hatte.

Natürlich fand ich auch die verflochtenen Bäumchen an der alten Bahnstrecke nicht. Darauf hatte ich auch gar nicht gehofft.

Ich machte meine Radtour und dachte nach. Mich wurmte, dass ich mir den Silbersee einfach nicht mehr richtig vorstellen konnte. Wo waren wir eigentlich in die Senke hinuntergefahren? Der Weg war breit und zweispurig gewesen, oder? Und ziemlich flach. Steil war es nur hinten bei der Enteninsel.

Ich war tatsächlich ein wenig traurig, aber auf eine schöne, sentimentale Art. Es war, als wenn man im Autoradio diesen alten Song hört, der damals in jenem Sommer immer lief, als man im Urlaub mit dieser oder jener zum Zelten gefahren war und man verliebt war und … und … und …

Damals erfasste ich zum ersten Mal, dass die Erinnerung an den Sommer mit Melanie ein Geschenk war. Wer konnte schon von sich sagen, etwas so

Wundervolles erlebt zu haben?

*

Ich lebte mein Leben weiter und Melanie geriet in Vergessenheit. Nur selten holte ich das Buch mit der Geschichte jenes fernen Sommers aus dem Regal der Erinnerung und blätterte darin. An die ineinander verflochtenen Bäumchen dachte ich eigentlich nicht mehr.

Deswegen war es eine unglaubliche Überraschung, als ich sie im Herbst des Jahres 2005 wiederfand.

An jenem Oktobertag hatte ich keinen Fotoapparat dabei. Damals nahm ich meinen Knipskasten nicht mit, wenn ich nur mal schnell dreißig Kilometerchen in der näheren Umgebung abspulen wollte.

Ich machte die ersten Aufnahmen am 27. Juni 2006. Auf den Fotos sind die Schnittkanten an den abgesägten Ästen bereits verheilt. Ich konnte auch sehen, dass man im Jahr zuvor das dichte Unterholz ausgelichtet hatte. Sonst hätte ich die zwei Bäume vielleicht nicht entdeckt.

*

Nachdem ich die Bäumchen wiedergefunden hatte, dachte ich gelegentlich daran, eine Geschichte daraus zu machen. Schon 2005 begeisterte mich diese Idee. Es würde eine wunderbare Geschichte werden über Herzschmerz und schöne Erinnerungen an die erste Liebe.

Aber ich schrieb die Geschichte nicht. Nicht 2005 und auch nicht 2006, als das Bedürfnis danach noch stärker war. Ganz wichtig war, nur die Wahrheit zu schreiben. Ich durfte keine zusätzlichen Details einfügen, bloß weil das die Dramaturgie der Story aufhübschen würde.

Ich wusste, dass die Geschichte ganz von selbst aus mir herauskommen würde, wenn die Zeit reif war. Ich musste nur geduldig warten. Damit war das Thema erst mal wieder abgehakt. Nur wenn ich gelegentlich an den beiden ineinander verdrehten Bäumen vorbeiradelte, dachte ich an jenen fernen Sommer.

Auf unsere Flaschenpost bekamen wir übrigens nie eine Antwort.

*

Inzwischen ist die Erinnerung an Melanie wie ein gutes Buch, das man im Regal hat. Es steht da und man kann es herausziehen und darin blättern. Es wartet geduldig. Man schlägt es auf und liest die alten Zeilen und betrachtet die alten Fotos mit nostalgischen Gefühlen. Alles ist von der Zeit verbrämt und mit einem leuchtenden Strahlenkranz umwunden. An die weniger guten Dinge von damals denkt man beim Betrachten nicht.

Gelegentlich blättere ich in diesem Buch. Mehr nicht.

Was wäre, wenn wir uns durch Zufall wiederfänden? Wenn wir uns heute träfen? Wozu?

Wir hätten uns kaum etwas zu sagen. Vielleicht würden wir einander in einem Café gegenübersitzen und feststellen, dass wir nach der langen Zeit nichts miteinander anfangen können. Womöglich würde sogar einer von uns nach einer Höflichkeitsstunde unter einem Vorwand abhauen. Nein. Das würde wohl nicht funktionieren.

Und damals?

Was wäre aus unserer „ewigen Liebe" geworden,

wenn wir uns ein Jahr später wieder getroffen hätten? Wie all diese frühen Liebeleien wäre es vielleicht auseinandergegangen. Mit der Lebenserfahrung von einundfünfzig Jahren weiß ich das. Ich wusste es auch schon mit sechzehn. Einer von zweien verliert die Lust. Die große Liebe geht. Sie verschwindet einfach. Manchmal bei beiden gleichzeitig, manchmal bleibt eine Partei leidend zurück. Liebeskummer. Herzschmerz. So ist das nun mal.

Natürlich hat es mich im Jahr 1976 sehr getroffen, als Melanie in den Ferien nicht nach Beeden kam. Es tat weh. Was blieb, ist eine wundervolle Erinnerung. Es ist schön, diese Erinnerung zu haben. Sie ist wertvoll für mich. Selbst wenn ich hundert Jahre alt werden sollte, werde ich mich gelegentlich an jenen fernen Sommer erinnern und in Gedanken mit Melanie am Silbersee zusammen sein. Ich werde mich an den Wind in ihrem Haar erinnern, an ihre Augen, an ihr Lachen und an unsere Freude, einander nahe zu sein. Sie war meine erste Liebe. Es tat weh, aber man sagt: Wenn es wehtut, dann war es gut.

Dieses himmelhoch jauchzende Glücksgefühl - nie erlebte ich es stärker als damals, so scheint es mir heute. Es begann gleich am ersten Tag und es wurde mit jedem Tag stärker, so unglaublich das auch klingen mag.

Das alte Buch mit den Erinnerungen ist seltsam. Auf manchen Seiten sind Fotos, die gestochen scharf daherkommen, und man kann alle geschriebenen Zeilen gut lesen. Andere Seiten sind zerschlissen, die Fotos unscharf. Es gibt ein Foto, auf dem trägt sie die gleichen Adidas-Turnhosen wie ich. Meine sind blau und ihre wechseln komischerweise immer die Farbe. Mal ist Melanies Turnhose rot und sie trägt ein grünes T-Shirt, dann ist die Turnhose grün und das T-Shirt ist rot. An die Farbe meines eigenen T-Shirts kann ich mich nicht erinnern. Es hat auf dem Foto keine Farbe. Aber an die Sitze im Schienenbus erinnere ich mich haargenau. Sie waren grau. Graues Kunstleder.

Ich denke nicht oft an Melanie. Nur ganz selten. Aber ich habe dieses Buch im Regal meiner Erinnerungen stehen und da wird es auf immer bleiben, so wie man ein altes Fotoalbum von früher aufbewahrt und alle paar Jahre mal anschaut.

Der Traum, den ich mit Mitte zwanzig hatte, der

Traum, in dem sie so schrecklich weinte: Ich hoffe, es ist nicht so gewesen. Das hoffe ich wirklich.

Ich werde nie herausfinden, warum Melanie ein Jahr später nicht kam. Es kann tausend Gründe geben: Die Tante war krank. Die Tante war in Kur. Die Tante war in Urlaub gefahren. Melanie war bei einem Verkehrsunfall ums Leben gekommen. Melanie hatte keine Lust auf Beeden und hatte es geschafft, die alljährliche Verbannung zur Tante zu umgehen. Melanies Mutter war krank geworden. Melanie war krank. Melanie war mit ihrer Familie in Urlaub gefahren. Es hatte Familienkrach gegeben und deswegen durfte Melanie nicht zur Tante nach Beeden. Melanies Familie war weit weggezogen. Die Tante war weggezogen.

Es kann tausend Gründe haben.

Letzten Endes ist es egal, denn es ändert nichts.

Sie kam nicht mehr nach Beeden. Anfangs tat das weh. Später war ich dankbar für die schöne Erinnerung. Unsere Liebe hat sich nicht verflüchtigt. Sie ging nicht banal zu Ende. Letzten Endes blieb sie bestehen, so wie wir es uns geschworen haben. Sie wurde von der Zeit konserviert. Sie ist ein Edelstein in meiner Erinnerung geworden, ein echtes Kleinod.

Und der Beweis dieser Liebe besteht noch immer.

Die beiden ineinander verflochtenen Bäumchen sind zu großen, starken Bäumen geworden. Einer davon ist ein Apfelbaum. Er trägt jedes Jahr angenehm säuerlich-süß schmeckende Äpfel. Diese zwei Bäume stehen neben der alten Bahnstrecke bei Beeden als sichtbarer Beweis, dass sich zwei junge Menschen einmal sehr, sehr lieb hatten.

Gelegentlich in Erinnerungen zu schwelgen, das bedeutet nicht, dass ich ein rückwärts gerichtetes Leben führe; ganz im Gegenteil. Ich bin einer, der nach vorne schaut.

Aber ich denke, dass gerade die Fähigkeit, Erinnerungen zu haben, einen Menschen ausmacht. Dass Erinnerungen uns erst zu wirklichen Menschen machen.

An unsere früheste Kindheit können wir uns nicht erinnern. Wir lebten nicht. Wir wurden gelebt. Wir fingen erst an zu leben, als unsere Erinnerungen einsetzten, mit etwa drei Jahren. Als wir anfingen uns zu erinnern, begannen wir zu leben.

Ich machte nach der Realschule im Eisenwerk in Homburg eine Elektrikerlehre. Jeden Tag fuhr ich mit dem Zug von Bexbach nach Homburg. Eines Tages sah ich, was für die damalige Zeit noch extrem selten war, ein kleines Graffiti an der Stirnwand meines Abteils.

Jemand hatte mit Kugelschreiber in sauberer, rundlicher Mädchenschrift einen Spruch auf die Wand gemalt:

„Die Tage des Lebens fließen dahin
wie die flüchtigen Wellen der Meere,
und es bliebe dem Menschen gar kein Gewinn,
wenn nicht die Erinnerung wäre."

Dem habe ich nichts hinzuzufügen.

ENDE

Printed in Poland
by Amazon Fulfillment
Poland Sp. z o.o., Wrocław

91125613R00066